文學隨筆・散文・絮語・訪談・對話錄

領 情 書

黃文倩 著

淡江大學出版中心

目次

第一輯 路上

憶井

我家院子有一口水井。

水井在我兒時就立在那裡，是父親和幾個外省伯伯一同開鑿的。在還沒有裝自來水的童年，我們全家常圍繞在水井邊洗菜洗衣、輪流為對方壓水，與鄰居的小孩玩水槍、丟水球，大家自由進出我家的庭院打水，把鞋下的泥濘洗盡，起風的時候，也將井水灑在臉上，感受與風貼合的涼意，而後有了自來水，我們就鮮少再使用水井，只有父親仍照舊在水井邊洗他的衣服，夏天來臨前清理風扇上的污垢，冬天換季後清洗大被單，磨刀也仍在井邊，因此與其說是想起水井的回憶，不如說是召喚出對父親的印象。

水井跟自來水非常不同，無論在任何季節，水井壓出來的水都極為涼爽，甚至冰冷，但總是清澈見底，讓人充滿潛藏在地底的是一條孤獨奔流的深河想像。這一兩年桃園地區因為颱風，導致石門水庫常供水不定，開出來的自來水有陣子也是混濁泥黃的，這時候我們就回過頭改用井水，甚至常感嘆幸好還有一口井，井水仍然純淨如往昔，然而父親卻早已離去多年。

來念中文系以後，我發現水在廣義的文學中，總是充滿正面與哲思的象徵與意涵，論語裡有「智者樂水」，現代小說有《千江有水千江月》，寫《湖濱散記》的梭羅可以在湖邊找回自我，屈原也能在河畔成全意志。但其實對於一般平凡人來說，鑿井與用水的本身，可能都只是出自於恐懼的理由與實用的需求，過去沉默寡言的父親就曾難得的不只一次的對我回憶起——他童年與青壯時期對水的感受與印象，從乾渴的年代說到黑色的水溝，再從黑色的水溝說回口乾舌燥的焦慮。

對父親生命的瑣碎記憶，讓我了悟從具體的存在，而不是透

過一個知識分子對抽象概念的認識，來理解水對生活與普通百姓的重要，從這個角度來說，我才真正知覺到這個時代確實是不斷向前也有進步的，至少我從小到大，就從來沒把烏黑的水溝當作一種不得不接納的必需品，更慶幸那種時代早已過去。但沒想到直到最近我才終於明白了彼時父親鑿井的心情。然而，已經 21 世紀了，父親離去也已十年有餘，十年以後我竟然是因為類似的缺水焦慮，而再度憶起我的父親，他天上有知，一定不會高興。

（2005 年）

換鞋

對於現代女人來說，買鞋與穿鞋是非常普通的行為，百貨公司的女鞋遠遠比男人多上數倍，而且遠比男鞋的構造更複雜與多元，但是即使是身為女性的我也好奇：女人何時走了那麼多的路？我們何時需要那麼多的鞋？

我的朋友 S 君似乎認為——女鞋是男女權力、甚至女女權力建構的重要場域。男人女人盯著看一個穿纖細高跟鞋或平底球鞋的女人的眼光完全不同，甚至取代了頭髮的長度成為目光的焦點。若行走的地板是大理石或磁磚，那麼視覺感官馬上擴展到聽覺，踩踏的聲音預告了自己的底細。難怪曾經有部美國電影，一個修鞋匠的眼盲小孩能在馬路邊自言自語說著「Nine West」（一種女鞋的品牌名），而所有讀懂了聖修伯里《小王子》也都能會心於：「如果你馴養我的話，遠遠地，我就能被你的腳步聲召喚出來」的經典告白。

剛畢業出來做事的現代女性，幾乎都會被教導要穿高跟鞋，在小小方寸間，撐起個人身軀，回了家還得將腳吊起來以讓血液倒流——避免蘿蔔腿。這種經驗是每個女人，尤其是年輕女人的惡夢。久了才訝異到，這或許仍是現代女人職涯空間的幽微隱喻。

我已經忘記自己究竟從什麼時候開始不太穿高跟鞋，穿球鞋、平底鞋倒是與日俱增。最近才又買了一雙白色平底鞋，鞋面上貼合著黃、咖啡、橘及藍的交叉線條，甜美的百貨公司小姐不斷提醒這雙鞋賣得多好，看來不顧撞衫、撞鞋的女人，精打細算的還是五種色彩能夠組合搭配的服裝款式有多少。

不過我仍記得剛從高跟鞋換穿平底鞋的窘態，感覺似乎一夕間變矮了很多，當然或許從來也就沒有高過。而換穿平底鞋也不

路上

是一剛開始就舒服好走，腳照樣被磨得四起水泡，加上防滑墊後才好了些，到那時水泡的傷口也結痂了，平底鞋好像也覺得妳付出了換鞋的代價，開始和平共處。不過我卻開始擔心，走在任何路上都聽不見聲音的平底鞋，會不會像沒戴鈴鐺的貓一樣，默默的淹沒在城市的喧囂中。（2005 年）

行路

　　狄更斯說，這是一個最好的時代，也是一個最壞的時代。這種話語真是漂亮到令人焦慮，似乎好處均被占盡，無論從哪個角度來思考都說得通，得了便宜還能賣乖。

　　我所出生的 70 年代，開始被前輩們稱之為有史以來最富裕的時代，小時候的黑白電視很快就變成彩色，上幼稚園就有娃娃車在門口等著，口袋裡雖然不至於隨時都有零用錢，但水彩、蠟筆、萬花筒也確實沒有缺過。父母親們覺得自己書讀得不多，拚命要求我們讀書，我因此國小就莫名奇妙的進了兩年音樂班，在有基督教信仰的老師的教導下，一邊背三字經、唐詩、弟子規、一邊還可以兼唱愛是恆永忍耐又有恩慈，有紀律地寫過四、五年日記，記得某一年蔣經國先生逝世，我們還正經八百，從報紙上將先生的遺照剪下來貼到日記本中以表無上敬意。

　　上了中學別人補習我們也跟著補，老師們說要分 AB 段班時我們還想不到未來、階級與權力建構，總之就是選擇留在 B 段班，然後隨時進出圖書館借閱書，騎腳踏車到附近的大學，跟同學及英文老師在綠草坪上練唱英文老歌與話劇，家政課也從來沒被剝奪，我學會過打毛線、中國結，參加過 N 次野外露營，還會升火、搭帳篷並用木炭煮飯。

　　但一旦你考不上好高中，才發現過去一切都不算數，大人們宣稱這種日子是墮落，長輩們一方面說要讓你適性，一方面卻曖昧的暗示綠色制服、明星學校與公立學校的優越，然後是大學、碩士、博士班，是島內島外、國立私立二元論，沒有人真正的在乎你適合什麼，逼迫我們像蛇一樣早生敏感、世故與狡猾。但是你知道時代已經不同，看看鏡子中反射的眼神與笑容，為了讓長輩們少說點話以換取自由，你階段性的選擇「他們」想讀的，然

後繼續從事地下活動，但也有很多你的戰友們最後都陣亡了，這時候你知道，不同類的品種，一定要早點選擇各自分手。

大人們說，給我們這一代的總是那麼多，可是我開了電視看到的是弊案，出了門外還是被塞在十字路口，選舉車跟教科書一樣，在大街小巷散布理想、正義、光明與榮耀，這時候我總是撫摸我的貓，它也會任性、憤怒，但總是恆溫體貼，更多的時刻是一切盡在不言中。

狄更斯先生的話對不對我不知道，偶爾覺得這一類的話已經聽得太多，就像寫中國哲學史的馮友蘭，同時聽多了讚美與譴責，最後只好說：「讚美和譴責可以彼此抵銷，我依照我的選擇繼續前進。」（2006 年）

搭車

這個時代，都說教科書改了、遊戲變了，小時候的羽毛毽子、跳格子房子是不流行了，電腦也跑得太快，沒有共同的任天堂或瑪莉歐了。榮格死了，集體記憶沒了，媒體也樣板強調，長輩們也照樣感嘆，但我總覺得，倒也不盡然如此。比方說，十年前跟十年後的孩子，還是得照樣搭車，甚至連路線都沒有太大的改變。

當年我非常恐懼搭公車，太早出門，久了連光陰感都會麻痺。空間裡盡是令人窒息的秩序味。中學時期的公車，是清晨 5 點 55 分第一班，總是得摸黑等待。家附近的站牌是第二個站，上了車，看著下一小站一小站，50 公尺、100 公尺後面的人上車，到了總站竟然也 7 點了。隨即馬上改搭另一班專門的校車轉往學校，那時的制服是全黑的西裝，配白襯衫白褲黑皮鞋，一窩子的人擠在一臺車裡，像極了被關在鐵籠子裡的一群黑色烏鴉，空氣稀薄、氧氣不足，所有的窗戶的光線也都不夠分，細碎滲透進來的一點，也馬上給別人搶去，周圍盡是巨大的身軀，陰影一下子就貼了進來。

火車稍好，青春時期的火車多半冒著夢想的汽笛，一搭上就是駛向世界的任意門，彷彿在哪個站下車都無所謂，只要不是原本的站就好。我曾搭過許多自強號飛奔至國家音樂廳，只為了追逐某個鋼琴家與大提琴家的演奏會，也和妹妹到過臺北市立體育館呼喚過搖滾樂團的熱情，在安可曲前後斤斤計較著回程火車與末班回家公車的時間。晚餐加宵夜，就在火車裡吃十年如一日的鐵路便當，水蒸氣的味道和一車廂疲累的汗味攪和在一起，旁邊女人們的香水也淡了，而我們那時還是女孩，或許還有牛奶的味道。現在憶起那女人的淡香，倒也明白了不是低調的含蓄講究，而是根本累壞了，不再在乎補妝，只有我們精神奕奕，仍然以為

還在遊戲。

　　制服時期追逐著劇場音樂廳，花光零用錢也要換一張走進華麗寬廣空間的門票與車票，真正有了自由，出了社會做了事，反倒沒了當年的興致，也不再會興奮的看著火車窗外的風景並數著幾片稻田或幾秒山洞，還能夠好似氣定神閒的讀老子《道德經》和費茲傑羅的《大亨小傳》，晚了回家搭上電車，偶爾甚至偷窺身邊剛從南陽街補習下課的學生，隱約的帶著奇妙的罪惡感謝天謝地、鬆一口氣。

　　至於家附近的公車，後來買了汽車便少坐了。唯獨有一回車子送修保養，只得搭公車回家，仍然是五路或九路，上了車，問了票價、撿了位子，這次總算有了空位，車子啟動時我竟然覺得自己像個觀光客了。一站一站往回走，倒數的溫習著那些青春時期的站牌，心情終於開朗了起來。（2006 年）

棒球夢

　　我有一個大我三歲的哥哥，從小夢想成為棒球選手。

　　大概從小學開始，中午放學後，哥哥就時常拉著我和妹妹，在戶外練球。每一次都是他當投手，妹妹和我負責接球，如果我有足夠的耐心，最後偶爾也會輪到我投球。遇上了雨天時，我們就窩在家裡的二樓客廳練習，因此時常打破二樓陽臺的玻璃門，被媽媽大罵一頓。那時候的二樓客廳還沒被我的書攻占，我和妹妹也一直滿心相信，哥哥將來會成為棒球選手，然後我要做這個，妹妹可以做那個……。那真是個不用費力氣與修養，就能有飽滿情感的時代。

　　哥哥曾經特別愛惜他的棒球手套，咖啡色的，常用來接球的內裡皮革，被磨損地很厲害，但味道很香。念中學的時候，哥哥真的開始參加了學校的棒球隊集訓，每天回家後，就跟我們說今天的球隊狀況如何如何，哪個同學上了一壘，誰擊出了全壘打，某某外校今天來了作友誼賽等。仍然有空的下午，我們還是會一起練球。後來不知道何時開始，家裡多出了電視遊樂器，哥哥和我便時常玩那種雙打的日文版棒球遊戲，我熟悉幾乎每一組隊員的職責、功能、特點與比賽方式，大概就是從那時來的。長大了以後遇到完全不懂棒球的朋友，還總是覺得不可思議——那時候以為，家家戶戶跟我們一樣，不是計畫著棒球夢，就是去實踐著棒球夢。

　　父親在的時候，就覺得棒球「沒用」，母親則是從來也沒有做過什麼「有用」的事，所以既不表態，也沒說支持哥哥繼續學棒球。上了忙碌的高中後，哥哥也結交了漂亮的長頭髮女生，然後就離家出走。據說，他仍然常常帶著那女生去看棒球。我自己

也不知道在忙什麼，沒有能力再多關心另一個人，再多問他還練不練球。但當我們再見面時，他至少還是願意跟我議論棒球——美國隊、日本隊、中華隊，現在又多了中國隊，誰誰的投手強、誰誰的守備差極了。我若是也跟進分析，在他聽來似乎總是很幼稚，他會專業的拿出一張白紙，跟我分析起雙方的打擊率怎麼算，外在環境與條件又是如何，「勝負很複雜的，你們不懂」。哥哥在學校時，學業成績差透了，在父親眼中似乎也是孽子，除了講到棒球眼睛才會閃閃發光外，在我的記憶裡，就只多了一個在颱風來襲前，密切盯住電視，把颱風路徑圖畫在藍線條細密的方格紙上的興趣，我不知道這兩者間是否有什麼交集或意義。印象裡，在他曾住過的房間牆上，貼滿了各式棒球明星照、賽程表、暴風半徑與各式路徑圖。那間房間，後來被我重新粉刷後，有段時間，成了我作研究生產論文的場所。

　　哥哥仍有許多舊抽屜留在那兒，我偶爾不知道為什麼，會興起今天打開這個、後天打開那個抽屜的行為。裡面仍不過是些兄弟象的球卡，不過就是些球帽、球衣之類的雜物……。母親屢次明示我，可以將它們清掉用來放我的書，但是，我總是一直懷疑，真的有這種必要嗎？（2008 年）

看電影之外

　　那時候不像現在這麼宅，二輪戲院、文化中心、MTV、藝術片沙龍，有放電影，都要去！

　　青春期作學生，每月從父親那邊領來了零用錢，總是要預留一半看電影去的。那時候，還不常聽到哪個同學總是去看新的院線片，我們總是等到片子下映後，在地區性的大學附近的二輪戲院看。那時候，臺幣 90 元就可以看兩片 4 小時，有時候也沒有劃位那種事，跟女同學們手腕手，擠在戲院內的走道上也是願意的，時常是星期六中午，日光還亮時，就搶著擠進黑暗，出來的時候黑了天也高興。

　　文化中心放電影也去，大部分免費索票——總有好事熱心的同學，會拿一堆票在班上裡發。然後一夥人在星期六下午坐了公車去看，通常程序是一起先去速食店喝汽水吃薯條，然後趕兩點的場次，一群女生走在街上熱熱鬧鬧，講另一群女生的壞話，看過的片子倒不及說過的壞話印象深。現在，只記得一個環保的卡通片，一堆狐狸（或是狸貓？）為了保護家園，努力化身成人，專門抵抗城市對鄉下的過度開發，它們推倒挖土機時我特別高興。我從小就相信，走在路上的人不一定是真的人。

　　MTV 也是青春期的空間，那時候是三男三女去的。那時候，和小男生都是配好對的，但誰也不能直白的坦誠這種事，誰露了一點線索，就要作勢追打對方。錢常是男孩們付的，去時騎的是腳踏車。記憶裡，有一回下了雨，小男孩來接我，還一併連黃色厚雨衣都送來。其實上面很髒，但我當年極感動，想了這樣的MTV 怎能不去。那時男孩們和女孩們多麼純潔，在黑暗的包廂裡，也只懂得點汽水果汁，女生坐下面一排，男生坐上面一排，通常看的都是垃圾鬼片，在驚聲尖叫裡，男孩子把後面座位的抱

枕丟到前面來，片子結束一對對小小男女，就一起推著腳踏車回家，男生在女生家前說再見，男孩離去。

　　錄影帶店林立後，我大概是屬於三天兩頭跑的常客，熟到年輕的老闆，有時候還讓我先把片子拿走再付錢，反正那時書讀得亂七八糟，臉上長滿了青春痘也不肯見人。上了一所省立後來變成國立的學校，氣質也保守了起來，不知道為什麼就是覺得不再能跟男孩子們出去，男孩們是禁不起等的，敲了一次兩次的門就寂寞了。後來一個男孩跟另一個女孩好了，很多年後一起吃飯閒聊，我竟然也是堅持要自己付帳的。不過那時候看過最多的好萊塢片，通俗的有的，經典的也有，尤其喜愛電影中有配歌劇的一些片子，我喜歡那種鮮豔的聲音。

　　進藝術片沙龍要再大點，通常是應同樣喜歡文藝的男孩子去的，男孩子不知從哪弄來的票──那時候誰會過問這種具體的瑣事，用BB CALL，CALL妳。妳回了電，然後就在某個下午或傍晚，坐上男孩子的摩托車上臺北或市區了。放藝術片的地方比二輪電影院和MTV金光閃閃多了，但人氣弱，三三兩兩的，有回不知道是看波蘭還是義大利片，映畢那些零零落落的觀眾頓時起立，大聲的鼓起掌來，男孩和我都呆了。

　　好像有人說，我們六年級生沒有度過純潔的歲月，這哪裡是事實！大家都是從小長大的。（2009 年）

鹽埕居

2010 年間，我曾住在高雄捷運鹽埕埔站附近，下一站就是西子灣。外面的路是大的，但房子在小巷內，巷口還有一家名「新東京旅店」的 Hotel。以前沒住過窄巷間的房子，遂覺得很有興味。2 月初 C 君帶我來找房子時，便覺得有日本風，想起讀博士時，曾去東京、池袋訪問時住的民宿。本想找在更靠海的地方，過一種如長假般「看海的日子」，但 C 君與我都覺得，濱海的套房屋況差，又吵，遂選了遠一點的靜巷。後來跟在地高雄人 J 君在 Skype 上筆談，她才提示了這一區從日據時期就繁華，早年市政府亦在此，現在已改成歷史博物館了，附近也有堀江商場，可能以日據時期的堀江町命名來的，我唯唯記下，以提醒要早點去拜訪博物館，後來每天散步時注意到，崛江商場就近在眼前，但也仍未入門。

愛河也在附近，不過淡水的回憶仍近又深，工作又在西子灣，對愛河之美仍沒能領略一二。但忘記是下高雄的第二晚還是第三晚，用導航系統送了老闆回家，再開回五福四路的租屋處，經過愛河，後來才想起那晚是元宵，愛河被打扮得晶晶亮亮，橋的兩側擠滿觀看煙火的群眾。誰會對塞車高興，誰會對慢速耐煩！但這時就覺得時間流慢點也無所謂，把車窗搖下，看了幾眼煙火的不是只有我，然後再往前，我也繼續凝視著左側的車鏡映射的火花……。

午餐幾乎都在 C 大的學生餐廳吃，學生餐廳有兩個，沒什麼裝潢的那一個攤位反而口味變化較多。不減肥的時候，偶爾會到附近最大馬路的交叉口的小店吃雞肉飯、青菜和味噌湯。小餐廳除了一個像老闆的男性，其它都是些阿姨媽媽桑般的女人，男人常常招呼沒幾下，就去旁邊的摩托車上抽菸，女人們獨自繼續忙。

青菜口味很重，他們說他們家醬調得好，我說相信，但我還是吃只加一點點醬油的，然後又嫌無味，再加一點辣又好吃了。有回在這邊也遇到了 C 大的同事——一位韓國老師和大陸來訪問的博士生，韓國先生客氣極了，硬跟著我點菜先付帳，因為巧遇又第一次與大家用餐遂不推了，後來幫那先生處理案子，才知道他是研究孟浩然的，也寫過蘇東坡與女性的文章。回北部遂立刻把白樂晴的什麼全球化時代的文學與人的書，從架上抽走南下，有人不問就太可惜。

　　天氣幾乎都是太陽，為了防晒我每天得多花十分鐘，S 君偶說北部如何之寒流，那夜起都要戴起毛線帽去散步慢跑了，令我好生羨慕想念。我說這裡白天如何之熱浪，到今天還沒遇上一場雨，入夜則稍涼，日夜溫差大，不過總還不到冷的地步。（2010年）

訪柳青與路遙故居

　　陝西《小說評論》的主編李國平一早來接，H君和我首站下到柳青曾住過的皇埔村，那兒蓋了一個柳青紀念公園，據說是當地人民自發組建的，位在《創業史》中梁生寶和改霞交會的原型點，柳青研究會的許多長輩已在那兒等候我和H君多時。抱著相當失禮與嚴肅的心情，我們路過一段沒有水泥沒有路標的黃土路，國平先生下來跟一個年輕人問話，年輕人立刻就答了出來柳青墓的位置，那裡也是我們的目的。柳青研究會的人，請H君和我站在一旁，副會長親自對著柳青墓介紹我們：「臺灣來的年輕學者來向您致意。」一位老先生──《創業史》中高增福的兒子的原型接著說話，講著講著硬是激動掉下淚。另一位一路跟隨與照顧柳青的老書記也陪著我們參與了大半天的行程，H君和我幾乎百分之五十以上都聽不懂他們說的陝西話，但在心中的確實是一言難盡的敬意。

　　接著到達位於陝西思源學院裡的陳忠實文學館，刑小利先生領著我們參觀。外面微雨，文學館中只有我們幾人，刑先生很仔細的一點一點帶著我們瀏覽陳先生的創作足跡，晚一點陳忠實先生又接我們回他的鄉下老家，看他筆下的「白鹿原」，午餐也在「白鹿原」上的一家大型餐廳吃，餐會放著以陳先生和「白鹿原」為行銷媒介的短片，陳先生跟老闆開玩笑說，吃飯不付錢用書法來抵，刑先生接說那他要付，書法讓給他，大家都笑。午飯過，回到了陳先生50歲以前的農村故居，《白鹿原》就在那裡完稿，那時陳先生早就已經分了城裡的套間，卻不用，安靜地回家寫作。陳先生長得極像我臺呂正惠先生，面對人時很低調，不對著人時的電話聲則是溫柔的強勢──說我們就是臺灣來的娃娃嘛！H君和我後來又去了延安、延川再一路返回西安，忠實先生仍堅持讓

司機給我們這兩個臺灣娃送文集來。西安出租車極難叫，順便也把我們這兩個娃一併接送到車站。

　　H君說延安比她去年來的時候，多了很多很多高樓，一個出租車師傅談到，以前有限制只能蓋到五層樓，現在規定好像破了。公車品質則比西安好得多，我們坐公車去火車站買回西安的票，H君說她看到有兩個人自動讓座。我們在西安看到的交通則比臺北還混亂，人也急，有一個媽媽抱著小孩，在雨中想先搭出租車，一對先到的男女硬是不讓。我也走路走到腿重心浮，火氣直昇，如果不是短途旅客，如果不是沿路總有人指引，哪裡能溫良恭儉讓！

　　延安好，公車上的大嬸我跟她笑，她就對我笑，我們過了站不知道下車，問了一個女生，那個女生便立刻幫我們大喊還有人還沒下車。新的火車站硬體則蓋得比北京和上海還好，當然也比臺北好──對此H君和我意見不同，H君反對這樣的大規模開發，基於延安人口需要與環保吧，我則是覺得如果再有許多媽媽要帶著小孩坐車，能夠在比較寬的地方不被擠來擠去，較重要。在延安第一晚的晚餐則是在火車站附近吃特產，跟出租車師傅打聽來的一種叫洋芋擦擦的很辣的小吃，好吃。吃得太飽，遂先胡亂走著散步亂看，向推攤子的人買蘋果，問他覺得延安開發怎麼樣？他說好，以前都吃不飽，現在好多了，當然之前的出租車師傅也有不同的觀點，以為延安總該有延安的樣子……。散步時遇見很多貓，也有狗，你逗牠就貼著你……。路邊很多人在唱卡拉OK，比在北京看過聽過的聲音大。

　　路遙文學館和路遙墓都在延安大學，時間短，見了玻璃櫃中的書信，忘了打聽是否有收進他的文集。在這邊也獲贈路遙研究資料等「內部參考資料」，延安林立的窯洞則有那麼點臺灣九份的形象。轉往延川的路遙鄉下老家，更產生佩服與心酸感，用大

陸的坪數概念，大概是不到 10 平方米的窯洞，7 歲後過繼給大伯的路遙，就在那邊跟一家子生活到大，一直到跟北京知青林達結了婚，才在原窯洞的隔壁再鑿了一個家。文革曾經給了路遙短暫的歷史機遇與舞臺吧——那些支撐著他也燃燒了他的力量，或許也生成了《平凡的世界》的氣魄，不能簡單地說完全沒有合理性。那天中午我破例喝了過量的西鳳酒，晚上竟也睡不太下。回了北京先去看看洪子誠先生，聊著聊著洪先生也說陝西作家值得研究。

（2010 年）

遙寄蕭紅、丁玲

親愛的蕭紅、丁玲：

2012 年 7 月 16 至 23 日，跟隨臺灣人民文化協會訪問團，我第一次來到了你們曾長期待過的哈爾濱與北大荒。對於蕭紅來說，前者是妳出生和長大的原鄉；而對於丁玲而言，後者是您 1957 年，因「反右運動」被下放之地。

親愛的蕭紅，我們在 7 月 17 日，首先就到了您小時候的哈爾濱故居。坦誠來說，這裡跟我想像的差距並不大。近年閱讀過許多五四作家的傳記，也曾在大陸參觀過許多作家的故居（如魯迅），你們家的格局雖並不算大，但即便是在當年，這樣的條件在哈爾濱，應該也算是富裕的地主之家，生活大概不曾匱乏。而臨近俄羅斯的他者，亦助長了妳日後想向外發展的視野與想像吧？無論妳如何敘述，妳那略帶憂傷的封建家庭的成長經驗，那樣的物質環境，跟大多數當年中國人民相比，應該仍算幸運的。而妳最大的不幸，或許仍是妳太敏感，同時又長期僅僅是一個「女孩」（在 21 世紀初的臺灣，我們稱這樣的妳們為「少女」）有關。那樣的時代，一個單純與純情，還來不及成熟長大的女孩，如何能只以真誠的唯心主體，來回應高度變動、轉型甚至扭曲的社會？如何能一方面既想擁有新女性的自由，但又渴望從男性那兒獲得穩定的資本與救贖？

帶我們參觀妳老家的導覽人員說，就在登堂、入室後，一間不大房間的左邊的窗，就是妳當年爭著要離家的偷偷出口。正廳後面的小房間，也仍然放有磨豆子的器具。妳曾經在那門縫，偷看過馮歪嘴子和他的娃娃吧。妳家的屋頂，現在也都修整成瓦片狀，且維持了八旗式的滿族風格。妳會不會嘆氣，覺得那兒一定長不出磨菇了呢？妳的後花園仍在，後人在那給妳和妳祖父，修

了個紀念的雕塑品。那小女孩淘氣的身影，仍然求寵且溺纏著戴著草帽的祖父。妳的後花園仍然開滿了花，綠意活潑地跳染到我們的身上。還有一種向日葵，比我在臺灣的花園農場看過的更大。中國社科院賀照田的夫人臧清也是東北人，她告訴我，那向日葵還會再長大，長得比人的臉還大。是這樣嗎？我猜妳小的時候，一定常常將妳的小臉兒藏在那花兒的背面吧。

　　親愛的蕭紅，妳離世如此的早。其實1938年妳就認識了丁玲，她日後在一篇散文《風雨中憶蕭紅》（收入《丁玲全集》第五集）中曾記錄過她對妳的印象。丁玲說：「大概女人都容易保有純潔和幻想，或者也就同時顯得有些稚嫩和軟弱。」就起點來說，丁玲的觀察很準確。妳和丁玲都是文學式的生命，不過是完全不同的兩種詩人典型。她勸妳去延安，妳仍執意繼續向南。那時，一向支持妳的魯迅已經過世了，妳跟蕭軍也分手，又從日本回國不久，經濟和情感都極為緊張吧。但在抗日戰爭開打的顛沛流離中，妳一路逃到了香港，拖著虛弱的病體，及為愛傷神靈魂的妳，竟然還能繼續創作。妳心愛的童年回憶錄《呼蘭河傳》，和反省一個不上不下的小知識分子，企圖參與革命的喜感諷刺小說《馬伯樂》前後腳誕生。最後的《小城三月》，妳也似乎更能看清，中國社會、傳統與革命不是速成的事業，而且如愛情般的千絲萬縷，需要在各式環節上，不斷努力與克服。妳終究明白了自己性格上的局限。記得丁玲以前給馮雪峰寫情書（《不算情書》），說到若能獲得馮雪峰的愛，她對人生一定更不會放鬆，一定能更有精神起來！親愛的蕭紅，其實對人生不肯放鬆的豈止是丁玲！渴望要活的豈止是丁玲！妳也是。都說丁玲是飛蛾撲火，其實妳也是非死不止。不過，我想妳那善感而哀怨的心，不會永遠停在自己，一定也會為妳今日奮起的祖國高興。我問同行的王中忱老師，妳家附近大街上的坑坑洞洞呢？就是那種有小豬小鴨

會掉進去的坑洞？妳一定忘不了。王中忱老師笑說，它們已經不在很久了。

我們是成長於 20 世紀後半葉的臺灣文學青年。在不短的讀書與做所謂學術研究的時光裡，我曾經自覺到，儘管我們還沒完全喪失對弱勢與不公的痛感，但中國近百年來的歷史和社會的醜惡跟腐朽，對我們這類人來說，更多的僅僅是一些用來觀看的靜態現象、一把把惡之華式的美學細節。像王安憶《叔叔的故事》說的那樣——我們可能更接近的是那種，不斷地閱讀書本裡的冒險，而在現實人生裡卻不敢、也不願付出更多肉搏的主體。從這點來說，我真心更傾慕丁玲的決斷與生命力。

我們在 18 日正式來到北大荒，參觀了寶泉嶺、普陽等農場。這裡是親愛的丁玲妳曾經下放、生活與工作了 2 年的地方，如今，此處當然也今非昔比了。妳的北大荒、人民的農場，已經幾乎落實了大型農業的現代化，成為中國、甚至世界最大的戰備糧食準備地之一。我們在微涼的 20 多度的氣溫中，放眼一望無際的綠色農作，參觀一個個輪胎比人的身高還大的農耕機械設備，聽取中國如何從小農式的耕種模式，轉化為今日的氣象的種種歷史。我不禁聯想到柳青的《創業史》，困惑地思索：這算不算終究還是靠了資本主義的力量，才完成的社會主義改造？這是不是就是具有中國特色的社會主義農村？只需要使用最少的人力，其它的農民跑到哪裡或做些什麼去了？他們轉型的焦慮如何平衡？……北大荒的黑土，也遠比我們想像的更肥沃。在行程中，一不小心連接送我們的大巴的輪胎也深陷其中，完全無法靠師傅個人駕駛的馬力，將大巴拖離黑土。我不確定是不是就在這樣等待「救援」的空檔或是前後，許多師長和朋友們，為了親近那些麥子，腳也陷進了黑土。那沾滿黑土的感覺，跟走在臺灣鄉間小路的濕泥土上完全不同，更黏更貼。施淑老師甚至拿了小袋子裝了些這種黑

土，我也趕快跟進。它們也能給臺灣的蝴蝶蘭滋養嗎？藏在行李箱的衣服中，我帶回來實驗看看。

親愛的丁玲，如果妳還在的話，看到如今的光景，一定還是會激動振奮，甚至繼續爭取做下一個工作吧？在臺灣，無論是學者或一般人民，很多人都將中國社會主義時期的知青下放、下鄉及改造等運動，想像的異常可怕。許多在臺的知青論述，多以自由主義的立場，敘說當年如何被動員、被迫害，以致於最終只記得在這類荒涼農村工作的傷痕。我讀過一些材料，也不願意懷疑那些痛苦的存在感。但應該不完全沒有大方康健的面貌，與基於對集體、對理想的另一種自由意志的選擇。

例如妳到北大荒，例如我們此次同行的長輩——也曾在北大荒當知青，在改革開放後，曾當過您祕書的王增如和他的先生李向東，都給了我們更豐富的北大荒生活的細節，與更不抽象的理想感覺。1957年，當妳已被認定為「右派」，妳的第三任愛人陳明已經先下到北大荒，妳跟著就要來。那時妳已超過了50歲，還爭取要跟一般農民一樣工作，不要特別照顧。我想那並非矯情。我讀到妳的傳記中說，妳在湯原農場將弱雛養得很好。以前，那些虛弱的小雞只能被拋棄，甚至最終當成了肥料，妳給牠們改善條件。到了1963年，妳本來有機會回北京，連周揚都開口說話了，妳卻還說自己鍛鍊不夠，還要再繼續留在北大荒，一直到文革時期的1970年，你和陳明被押往了秦城監獄為止。我揣想王增如老師一定也跟您有類似的特質。她仍有信念的身影，時常吸引我拿起相機不斷地追隨。回臺後，葉芸芸老師在臉書（Facebook）上看到了照片，遂說，王增如老師回到了北大荒，眼神完全是閃亮的。她說得真好，北大荒早就也是妳們的原鄉。

近十年來，我到過大陸不少地方，見識且明白中國內部的城鄉差距仍然不小。北大荒在過去的政治空間下是荒原邊境，至今

在地理上也不能化約為近與繁華。人們更多的願集中到北京、上海去開展新的事業。北大荒將繼續留給大型的農業，默默作中國奮起的底層支柱。但親愛的蕭紅和丁玲，妳們的文學生命終究扎根於斯，終究會滲透進土地並成為儲糧中的營養吧。以前，我有個好浪漫的老師，總是強調地引導我文學價值的高低，正在於美酒與米飯的差別：醉意更甚飽足。我至今仍不願放棄他的判斷、仍爭取作他的知音。但文學至少也得同時願人不餓、好好長大，否則杜甫也會慚愧吧。親愛的蕭紅與丁玲，妳們一定會同意，在那文字的最深處，我們終究會節制修辭。（2012 年）

在人間

　　這幾年，因為工作的關係，我時常訪問與接待來自大陸學界的師長朋友，除了學術事務，每每需要為他們介紹臺灣最值得去的文化景點，如果時間充裕，阿里山、日月潭、花東等，當然都是必遊之地，但如果只有一兩天，我總是會優先推薦有著大型戶外展場，與大自然同在的朱銘美術館。這個美術館位在北海岸附近的金山，車行之路，兩旁還有大海與巨石為伴，彎彎曲曲的公路上，時而豁然開朗，時而前方彷彿被山擋了去路，甚有峰迴路轉的趣味。鄰近還有知名的旅遊景點九份，通常，旅人們往往直奔九份而去，而不知道就在附近的山上，另有一處世外桃源。

　　朱銘（1938-）是臺灣知名的鄉土藝術家，早年師從李金川，學習傳統廟宇的雕刻與繪畫，而立之年，師從現代派的雕塑大師楊英風，以傳統融合現代，才慢慢走出一條獨特的創造之路。然而，朱銘並非以現代派的作品揚名海內外，他開始受到重視的時期，正逢臺灣 70 年代重新重視鄉土文學／文化的階段，1976 年，朱銘以〈同心協力〉的木雕作品，獲得臺灣文化圈高度肯定。根據朱銘美術館的官網說明，這部雕塑描述了：「山洪過後，農人搶撈浮木的情形，四位農人傾注全力從河邊堆起一車沉重的木材，水牛與農人的腳踝還深陷在泥淖裡，強烈地傳達出巨木的重，必須同心協力方能將巨木推送上坡。」這樣帶有鄉土、艱忍的性格，似乎也投射了藝術家對於臺灣傳統文化人格的一種想像與敬仰。

　　然而，在我心目中，朱銘更是個有童心有趣味的藝術家。當年寫博士論文心浮氣躁時，我偶爾一個人開著紅色小車，沿著左彎右拐的北海岸之路，緩緩開上金山待上一整天。他的「太極」系列雕塑是太有名了，自不用說，但我覺得，朱銘的「人間」系列更為可觀。他運用了各式媒介，包括陶土、海綿、銅、不鏽鋼、

保利龍等來表現「人間」多樣性。內容／題材涵蓋三軍士兵、西洋紳士淑女、外太空的機器人、農民、農婦和孩子……，在他的巧手下，每一個人形作品，都有不同的姿勢與表情。狀態也不只是傳統的靜態，很多雕塑排列的設計，本身就很有故事性與律動感——這些人間的人物們自己好像自有生命，有的坐著、有的站著、有的密密圍坐著、有的排排站著，有時候前方好像有目標，有時候一切如同遊戲。你如果是寧願旁觀的人，可以在這裡盯著這些人物一整天，仍不會遇上重複的形象；你如果是願意參與的人，你可以混進這些「人間」的作品中，跟那些雕塑人物一起排隊、一起走路、一起坐著觀看那些抽象的大型作品「太極」，你會頓時好像明白了朱銘先生建置這一大片戶外展場的用心——近可以跟人民群眾在一起，遠也可以相忘於江湖。

　　另一處我樂意跟朋友們介紹的，是臺北的「人間」出版社。這個出版社現在是由呂正惠教授為發行人。但它起源於上個世紀的 80 年代中，最初是始於陳映真先生所主導的以關懷弱勢者的報導文學刊物《人間雜誌》。該雜誌在 1989 年停刊後，同年 7 月，陳映真正式成立了人間出版社，並擔任發行人。王安憶在《烏托邦詩篇》中曾回憶，當年她寫作遭遇瓶頸，曾一度翻閱陳映真托人轉送給她的《人間雜誌》，受到了臺灣 80 年代中一個底層原住民青年湯英伸事件的啟發——湯英伸初上臺北城，時受欺凌，在一時激動下，誤殺了雇主一家三口，被判死刑。當時許多臺灣社會各界的知識分子忽然自主性地結合替他聲援，雖然最後未能完成目的，但此事件也讓王安憶重新意識到作為一個作家發聲的意義——寫作的功能與價值不僅僅是個人的事業，更是回應社會相關問題的實踐，這樣的價值觀恐怕不只是社會主義專屬，追求平等、生命的尊嚴本身，仍具有普世性吧。

　　「人間」跟臺灣的許多文化人主導的出版社一樣，都是非常

小眾的，然而雖然文化市場有限，主事者反而能憑著一定的理想，比較專注地引薦一般臺灣文化圈較少受到重視的視野與作品。早期它的出版方向與理想大致是：「1. 理性認識臺灣社會性質的社會科學叢書；2. 整理被湮滅的臺灣史料，還原臺灣史真實面貌；3. 正直進步的臺灣先賢傳略集；4. 揭破國家機器偽善面具的報告文學與創作。」近年在呂正惠先生接手後，也開始更注重引進大陸優秀報告文學、文學評論等重要作品，例如最近幾年，就出版了孫歌的《把握進入歷史的瞬間》（2010 年）、蔡翔的《神聖回憶──蔡翔選集》（2012 年）、王曉明的《橫站──王曉明選集》（2013 年）、鄭加真的《北大荒移民錄》（2013 年）、王增如、李向東的《上山下鄉》（2013 年）等等。而倪慧如、鄒寧遠曾替參加西班牙內戰（1936-1939）的中國人寫的《橄欖桂冠的召喚》（2001 年）也出自「人間」。與大陸文學相關的俄蘇文學，例如阿赫瑪托娃、茲維坦耶娃等的詩集，也在出版的行列。

　　「人間」的目前現址在臺北萬華的一條小巷內，我每年都會去好幾次，因為呂正惠先生就是我的博士論文指導教授，出版社就在他家隔壁。這是一條很有市井活力與趣味的巷子，偶爾還不時有流浪貓兒出現。有一次，不確定是不是過農曆新年，我們去呂先生家談話聊天，大家脫了鞋子放在一樓門口，出來時，其中一個同學驚覺她的新鞋有特殊的「味道」，原來被一隻貓兒當成貓沙盆了，那是怎麼洗也洗不掉的！這裡的巷子跟巷子之間的聯繫很緊密，如果對面念小孩、吵鬧、開電視的聲音，我懷疑另一頭可能都一句不差地清楚聽見吧！相對的，如果在這頭被罵了，應該外面也都會聽到的吧？巷子間大概只有一臺車的寬度，所以也不能讓兩車交會或並排，我每每開車過去，最後要倒車離開時，似乎都快要撞到旁邊的機車或物品了，總被大家笑技術太差，駕照得重考，使得連呂先生都常常得再出來當總指揮，我才能順利將車開出，暫時駛離「人間」。（2013 年）

那些呂先生曾教我的事

　　一開始的印象很清淡。我其實是很後期才成為呂正惠先生的學生。正式認識呂先生也不過是近十年間的事──記憶中的起點是 2005 年初的冬天，那一年我在鄭明娳先生的指導下，完成了碩士論文：莫言《豐乳肥臀》論，口試／答辯委員，除了沈謙先生之外，另一位就是呂正惠先生。那時的呂先生似乎不是很欣賞莫言，但還是提示了我應該好好編他的年表等務實的建議。當年拙作幼稚，師長們倒也溫柔敦厚不曾為難，答辯完成，我也沒考慮到請師長們吃飯，草草餞別。同年 6 月，在對自己的人生沒什麼特定的想法下，我又如一般的學生繼續讀書考試，因緣際會進入淡江中文所的博士班，沒想到那時呂先生已從清華退休轉任淡江，並擔任系主任一職，新生聚會見了我便問了一句：妳好像是我口考的？

　　呂先生在淡江的博碩士班曾合開「現代文學」，有一學期曾帶著大家讀魯迅，我也藉機把魯迅小說、散文和雜文完整地讀了一遍，自以為認真地作了很多筆記和期末報告，不確定是到了下學期還是隔了一年，先生上課的材料，已擴充至五四現代文學以降的其他作家，以及西方現實主義的經典作品（如契訶夫、托爾斯泰、福樓拜）。有一回，我們在系辦門口撞見，遂交待我負責點評下週上課要談的郁達夫《沉淪》，回了家，我只好硬著性子讀文本，上各大圖書館查找相關淵源，把《沉淪》中的西方浪漫主義關係，和日本私小說的背景都整理了出來，還參照了當中所涉及的勞倫斯的《查泰萊夫人的情人》。口頭報告時，呂先生給了我相當完整的時間講述，延伸到勞倫斯時，還幫我補充了一個細節──有一次康妮（《查泰萊夫人的情人》中，無政府主義傾向的女主人公）走進森林，在獵人的小屋前看見雞籠和活生生的

黃色小雞，已經長期對知識分子和清談感到厭倦的女主人公，試著以手觸摸那些黃色的小雞，她似乎頓時重新恢復與理解具體生命和感性，眼淚遂掉了下來。康妮大概很久沒哭了吧。呂先生說：「這段細節很好。」那時我曾抬起頭看著呂先生說故事的表情嗎？不太確定。但下了課我卻一時興起、鼓起勇氣，走到他面前說：那一段真的寫得很好，我完全沒有注意到。呂先生彷彿陷入沉思，隨即又以一種睿智與雍容的微笑對我說：「我也時常有沒看到的部分。」

　　呂先生讀書不分古今中外，研究也不分古今中外。他的文學評論寫得流暢清明、如數家珍，彷彿李白、杜甫、蘇東坡、辛稼軒都曾是他的鄰居，宛若托爾斯泰、斯湯達、毛姆、契訶夫也多為他家的座上客，再加上對歷史、社會的興趣，佐以執著的性情，上下求索、海納百川的融入與參照，便常能發現許多敏銳的角度，建立人事物新鮮的聯繫，洞穿評析的對象或文本的相對特質與價值。眾所周知，他似乎偏好或主要以盧卡奇的現實主義理論來詮釋作品，但卻很少有人注意到，呂先生很早就對看似盧卡奇的對立面的布萊希特亦有會心—— 1993 年間，他便撰述有《布萊希特論盧卡奇》，自覺地意識到：「研究布萊希特如何批評盧卡奇，事實上也等於思考：如何補充盧卡奇現實主義理論的不足，或者，如何在盧卡奇的理論之外建構另一套更為圓滿的現實主義理論。」呂先生批評過西化知識分子王文興，也關心基層知識分子的七等生；能同時不矛盾地欣賞王安憶的「三戀」系列與《上種紅菱下種藕》，卻也能揣摩她企圖重新認識文革的《啟蒙時代》；懂得汪曾祺的文人情趣，但更體貼阿盛、高曉聲、黃春明等兩岸農村／農民書寫的隱忍、質樸與底層解放的意義；傾慕近百年文學一開史詩格局的托爾斯泰及高度心理深度的杜斯妥也夫斯基，但亦能感悟屠格涅夫與契訶夫的抒情溫柔與纖細……。我常常在揣摩，

不知道究竟是什麼樣的動力、心靈和理想，才形成了呂先生這般讀書與治學的動態歷史觀、認識論與寬廣的美學品味，而我們將來會接近甚至超越他嗎？

　　這樣中文系出身的呂先生，似乎在治學的精神上，更多地融合了早年臺大菁英的自由主義，但在知人論世與為人上，先生似乎又是道地的中國儒家。我跟在他身邊聞道多年，最常聽聞他引用孔子的話，來提示學生的性情與作為，例如：「己所不欲，勿施於人」，例如：「可與之言而不與之言……不可與之言而與之言……」，若一時失言失態，對某某表示難以理解，忠恕不足，呂先生聞之，往往也會耐心地一邊抽煙一邊開釋：「要懂得觀看他人的優點」、「實事求是」，凡此種種，都大異於呂先生醉酒時的狂士言行。先生指導研究生時亦如是，他總是看似極自然地跟你談起某某文本、對象或歷史，好似坐在田邊聊聊最近的莊稼收成與天災人禍，實際上乃是視學生的狀況與意願，深入／不深入相關話題。每個學生的性格、方向、特質殊異，也不盡然都要走上所謂學術的道路，是以呂先生總是對我們相當寬容，仍是大叩大鳴、小叩小鳴似的。如果你暫時不願意表態、說話，或有心理障礙難以言說，那就用寫的，先生也都容忍。我平時幾乎不用電話，也極少給呂先生打請示請安的電話，討論重要問題和報告均以電郵為之，呂先生的郵件都由他口述，師母打字回覆，多少年來不知給老師師母添上多少麻煩，更年輕的時候，我似乎也很少反省自己的膽怯與自私。

　　而或許受限於中文系的研究生多為女性，呂先生指導女研究生的方法也常令我印象深刻。首先，呂先生並不像一般西化的現代知識分子，大力鼓勵臺灣小知識女性張揚個性、自由與自我，這些「五四」以降的品質和追求，他或許也欣賞也認同，但先生總是更多的「教導」我們——得先成為一個更願意為他人付出，

節制計較的傾向，懂得將心比心照顧長輩同儕晚輩的品格。其次，女性與女性，或女性與男性間發生性格、處事與利害關係的矛盾時，呂先生則才進階地要求我們學習實事求是，努力克制個人的私心以達到較大的公共／社會利益。其三，先生在看待女研究生的才性時，似乎也更多地明白，那背後可能比男性有更長遠的精神和生命危機——人活著總不能一直追求文學與藝術，儘管精神世界無比遼闊，勞倫斯《查泰萊夫人的情人》中的康妮如此，毛姆《刀鋒》中的主人公亦然。有時候，我不免覺得，呂先生像是一個極為敏感的父親，他已歷經過一切靈魂祕密的洗禮，只要一個音符就能洞悉後續的一切樂章與轉折，因此，他總不忍心看著他的一個個逆女們因叛逆、因啟蒙而受苦，他雖然也明白，人生的路終將由我們自己獨行，卻永遠在角落裡擔著好多的心。我每每私下挨了呂先生的責罵，其實更多的總是高興。我想，在這個世界上，大概不會再有人這樣動到力氣批評我們了。

　　而在教學、研究、社會服務之外，兩岸文化圈無人不曉呂先生對古典音樂的瘋狂痴迷，他談古典音樂的散文集《CD流浪記》，擁有眾多兩岸粉絲（我們戲稱為「呂粉」），網路上常能搜尋到呂粉們貢獻的「盜版」全文。為了接近這些音樂史上偉大的靈魂，先生似乎不惜將自我縮限到最小，以一遍遍聆聽的方式，耐心地接近他們的祕密與精神世界——每個真正巨大的靈魂，都擁有的一個值得我們為他完全臣服，獨一無二的世界。在談到莫札特如何安慰我們時，呂先生說：「莫札特就是這樣，當他傷心、難過，他就像小孩一樣『純然』地傷心、難過，一點雜質也沒有。」所以，安慰一個真正傷心的人，最佳的方式是：「跟當事人一起哭，甚至抱住他哭。」在談到貝多芬晚年已無法聽見聲音，揣摩著他的痛苦跟他音樂的關係時，先生以為貝多芬：「用一種無法想像

的方式去克服、去超越」，那只能是接近神性的方式了，付出的代價，就是得承擔永恆也巨大的孤獨吧。是以連呂先生那麼堅強的人，也要向他致上最高的憐憫與震顫，這樣的人如果不放下自我來徹底敬愛與傾慕，誰還值得！不過，我也很喜歡呂先生俏皮地談買CD，看春風少年兄比CD的片段，那是中場休息，那是明白戰鬥之路仍漫漫吧。

回到人間，呂先生的豐富、不太容易讓人明白之處，或許也在於他多以歷史辨證法來看待問題和長遠的社會價值。先生出身嘉義農家，道地臺灣本省人，卻公開磊落地將大陸視為自己的祖國，高度肯定中國共產黨在人類歷史上的貢獻，此舉在臺灣，必然將他自己逼上了孤獨的絕境。他自然並非不明白大陸內部的各式新的困境，姑且不說自由民主究竟是一種普世價值，還是應該有其自身的本土特質的大問題，呂先生看祖國建設、看同胞種種，首先就是真切地揀人家的優點來說——肯定中國基層人民不依靠外力的獨立尊嚴和勞動剛毅；欣賞大陸學者歷經文革，仍多有老驥伏櫪、志在千里的氣魄與韌性；推崇大陸女性勇於走出小我閉鎖，有著大社會與公共參與的承擔和志氣……。或許有些人會以為其心過偏，但放眼今日的臺灣主體優先論，似乎愈來愈難以擴充與維持康健活力的生命主體，呂先生以大陸為師、以中國為方法，難道不也是以一種辨證的方式作用於臺灣社會嗎？

近年來，呂先生加入中國作家協會，帶領研究生參與大陸各地的考察團，甚至主持「人間」，出版了許多大陸優秀左翼批評家、作家的作品與選集，也讓許多較少為讀者聽聞的俄國文學，進入臺灣讀者的視野。臺灣圖書市場極小，出版文史哲類書，最多大概也只能打平，「人間」叢書還是一本接一本，不計利益。先生談顏元叔時，說他做了很多人沒做的事，他自己何嘗不是如此，又有多少人願意理解與同情呢？而呂先生教學、研究之餘，

精力似乎也仍然充沛，兩岸飛來飛去總不曾懈怠，和各地學者友朋煮酒論英雄，一笑泯恩仇也是常有的。很多次他喝醉了酒，我開著車從臺北或新竹送他回家，看著他下了車略顯不穩的腳步的背影，我總是想立刻下車去扶他，但先生好像又清醒了，有時我甚至懷疑，先生真的醉了嗎？他會繼續堅強地自己走吧？還是我仍然在逃避屬於自己的一份責任呢？

　　也是很多年前了，或許是 2006 年，呂先生初收我為正式的博士生，囑我開車送他回家，那是我第一次去臺北萬華的老師家，先生要我「順便」載走一批書——之前他請我「幫忙」寫過一篇莫言的小稿子，說是用來抵該給的稿費，那卻是一整大套某西方現實主義大家的全集。我驚訝之餘，看著老師靜靜地陪我一起把書搬進我的小車裡，然後喚出了師母，讓師母騎上機車，載著頭戴半罩安全帽的呂先生，像警車開道一般，指引著我跟著他們，駛離萬華的左右小巷。當我的車終於開上一條大馬路，暫停在十字路口上的紅燈前，他從師母的機車後座跳下來，一邊抽著煙一邊走向我的小車。我搖下車窗，抬起頭凝視著他，在一片市井的喧囂中，似乎聽見他對我說：「繼續直走，前方就是妳的路了……。」（2014 年）

綿延

　　《城市中的森林》是由淡江大學出版中心吳秋霞經理統籌企劃，英文系陳吉斯教授繪圖、中文系曾貴麟同學撰寫詩文的一本圖文生活誌。不同於過去出版中心及坊間出版過的淡水導覽，《城市中的森林》是以感性及直覺的圖像與詩文，再現淡水的重要歷史景觀與淡江大學的靈光印象，召喚你、還原我等的人文、青春的溫柔時光，你或許願意攜帶著它行走與偶爾再出走，你的過去、今日與未來，如同天光水色的淡水河，在想像的時間裡連成一線——光陰流逝，江湖雖老，但有情歲月仍繼續綿延。

　　對老淡水人來說，淡水是臺灣八景之一，在歷史上，也曾經是臺灣第一大港，是西方文明與現代性在北臺灣發展的重要起點。百年來，它歷經西班牙、荷蘭、中國大陸及日本文化的滲透與洗禮，在一步步現代化的進程中，在淡水人民及淡江子弟的耕耘與保護下，也掙扎地保留與開發了一些歷史文化與人文景觀，從紅毛城到重建街、從小白宮到漁人碼頭，有淡水漁民、外來移工與近萬餘名的淡江大學師生，有夜鷺、渡輪、水筆仔及清水祖師，這裡是云云眾生、諸靈交會處，至今或許仍不願棄守共生理想。

　　對老淡江人來說，你一定也記得五虎崗、克難坡、宮燈教室、蛋捲廣場，你還記得夏日裡的海報街的青春社團、嘻鬧動感，那年高溫快融化的豈只是那片水泥地；你或許也還記得，她拖著圓臉或尖下巴，坐在籃球場或即將消失的溜冰場的一角，羞澀地仰慕你運動的身影，儘管你後來明白，那時愛上的與其說是那個她，不如是自己心目中的一種想像與理想；你在深夜的淡水河邊與同學們促膝清談，無止盡地爭辯著存在與虛無、傳統與新變，爭取著靠近真理與正義，但又那麼容易覺得受挫與隔膜；你在有星星的深夜裡，無比純淨地陪著她散步嗎？戰戰兢兢、一心護花還是無法獲得她的心？你曾醉倒哭泣，至今仍記得那時靠過的一張椅

子嗎？那時默默聆聽你的苦衷與靈魂的朋友，仍活在天涯的一角，你們在臉書（FB）上悄悄再度相遇吧，你們互加朋友但卻很少再說話，守候如煙的記憶，你們也來到了相忘的階段。

如果，在春天重返淡江，4月裡盛開的杜鵑將迎接你，佐以空氣中新鮮的花草樹木香；如果，在夏日的清晨走回淡江，你穿越文館側門，抬頭間或許仍會看見沐浴在初陽下的松鼠，你因為牠奔跑而覺得自己仍在活著；如果，在秋天，你忘不了那年的生日，你被同學們鬧著丟向「福園」的水池，你全身濕透，她那時仍在，你後來才懂得那年為何一點都不冷；如果，在冬天你還在淡江，你理直氣壯地缺席早八的課，或者，精神抖擻地參加學運與社運去，在不曾間斷的冷雨裡抗爭，長大以後，你真切地被凍傷、不再被包容，方才想起那些年也曾錯過了一些好老師與好講堂……。

那些年我也在淡江——我在 2005 年至 2010 年間在淡江讀完文學博士學位，2014 年秋天回來正式任教。後知後覺的我，還是在畢業後，為了學油畫外出寫生，才一步一腳印地，真正走過許多淡水與淡江的土地與小徑，那些或熱鬧、或清淨的街巷、縫隙與彎道，那些斜坡、舊瓦與不斷變化色澤的河流與光影，那些歷史上前人的足跡與曾經累積的風格與厚度，甚至附近淡水中學的音樂禮堂裡更青春的孩子，禮堂裡洋溢與並存著音樂與教官的訓話聲，都令我覺得彷彿走入再啟蒙的時光隧道，重新汲取了部分細膩、自由與純真的靈性——偶爾，就像進入童話裡的縮小門，每往前一步、身體每縮小一點，都再度溫習了那既崇高又仍有教條／信念的時代……。

你也在《城市中的森林》重新發現你／妳的祕密淨土吧，這本圖文誌是屬於你／妳的、我們的。它因為你而存在，也期待你的參與和綿延。（2016 年）

備註：本文為《城市中的森林》（臺北：淡江大學出版中心，2016 年）的主編序。

非關師生之誼——與彥文同行

總覺得跟彥文先生認識很久了，有時候回想起來，意識到我們真正開始有一點點互動與相處的時間，其實並不超過三年，還是覺得有點不可思議。

當然，我很早就聽聞過作古典文獻學的彥文先生，第一次應該是在 2005 年初夏，那年夏天我散漫地來淡江考中文博士班，彥文先生是口試委員之一，印象裡只覺得有個介在黑道和文人氣質的教授（用現在的話：高顏值熟男）跟我談話，問了什麼答了什麼已經全然忘卻，由於我長年少用電話，除了必要的工作，在生活上也鮮少與人類往來，口試出來後聽到人家說了個名字，心想大概是委員之一，過後就以為罷了。

念博士班的那幾年，後來才知道系上為我們串連過一些國際化和兩岸交流的機會，我和一些同學曾遊走過西安、北京等大陸高校談文論藝，當時身邊究竟有哪些「大人」，我確實也是幾乎不自覺的。再幾年後，才終於慢慢從混沌中認識現實，知道裡面的有些前輩，就是結合了淡江中文系在日本、大陸和臺灣的相關淵源與力量，成立「東亞漢學研究學會」的主要成員。我在拿到博士學位但還沒有正式專任工作前，也曾投稿參與過幾次該學會在海外的會議。

那幾年間，或許也可能是我開始學習重新跟人溝通、回到「人間」的階段，彥文先生因為是「煙友」之一，印象裡外出開會時，總是他主動陪我搭上幾句無關緊要的話，令我驚訝他對一個沒有任何淵源與關係者的善意，甚至到後來過於容忍與謬賞。那些在我不短的成長過程中，親身見識過的諸多上層文化圈的權力幽微、人際糾葛，以及人與人在其間不得不然的異化、排擠和扭曲，彥文先生好像有點不同。

2014 年夏天，我回到淡江中文系專任，或許仍是因緣際會，學校和系上將彥文先生「分配」給我作 Mentor／導師，據說是一種「指導」後進在淡江的為人處事的「制度」，總之，我因此才終於正式跟他吃過幾次飯，第一次還是我去買便當，搞不清楚狀況與任何背景的我，聽信學生推薦，立刻就在大學城買了簡單的日式豬排飯，彥文先生有禮貌地跟我一起在研究室邊吃邊說話，好像也沒談什麼正事，而且還說豬排飯很好吃，尊重環保地全部吃完。也由於我正式入行後自覺不打聽不過問他人江湖世事，直到再久一些，我才終於間接得知，彥文先生家學淵源，甚有「五四」遺風，同時對美、食和生活等都很講究，待人／晚輩當然亦如是，有一回他開著年份久遠的古董車來接我和另一位老師晚餐談話，履行 Mentor 責任。再後來有幾回，或期末或歲末，或許他看我常常留守淡水無事忙，開始偶爾邀我到他淡水或外雙溪的家，和他的學生們一同進行「三無」飲酒會，何謂三無？也無風雨也無晴／情？無錢無權無名份？好像也都搞不清楚，總之一群男女老少喝酒是真，紅酒白酒新酒舊酒，人人每每各帶一道菜，再佐以彥文先生和夫人備好的各式奇特吃食，大家隨意來，來了即自拿碗筷自在地吃，願意跟人說話的就說話，想要聆聽的就聆聽，耍廢的耍廢，看電影的看電影，再晚了說走就走，彥文先生總是親自在門口送客，有一回我好像待到凌晨四點，或許喝多了昏睡在客廳的沙發，耳朵還非禮式地聽著尚未散盡的客人們和先生的談話，醒了立即覺得該立馬走人，一起身彥文先生也從餐桌那頭起來，一路送我出門至電梯口才點頭告別。

　　同為「煙友」，我也曾幸運地能偶爾離群和他在陽臺上閒聊數次。有一回，彥文先生指著外邊大忠街左邊右邊前方的建築，告訴我以前那個方位能看到夕陽和觀音山，當然現在都看不到了。他立即問：妳要不要上頂樓，頂樓還可以看得到的！現在！我說

不用了謝謝。下一次，我初次赴外雙溪的周家宴飲，見庭院落葉紛紛，我說我沒有聞過燒樹葉的味道，他遂拿起了打火機和木棍，領著我就在他家的木瓜樹下點火試燒，灰煙瀰漫一片，眾學長姐妹們均遠觀無奈地笑。我內心實在驚訝他的待客禮儀、周到與成全。至於講笑話逗你／妳開心的事也常常有的，印象最深刻的是，他說起有一年夏天，遇上呂正惠先生陪少爺來淡江考試，那時的淡江校園似乎沒那麼多地方可以乘涼抽煙，他陪著呂先生同走一段，呂先生堅持跟著前面的一條狗走，呂先生對他說：「跟著狗走，狗會走到較涼的地方。」

　　彥文先生處理公務有著典型處女座的堅持，我雖然不曾經歷過他直接承擔淡江系務的時代與風華，平常日子裡，他似乎也不太願意直接評述人事與指點江山，當然他對家國、兩岸、大事、小事、各式人情世故和公務細節，實則了然於心與極其講究。大概也在 2015 年左右，我開始協助支援一些東亞漢學研究學會的幕僚任務，慢慢體悟與明白更多的世事權衡，不同於公關型、政治型及不斷鞏固圈內常態文化領導權的相關單位，東亞漢學研究學會似乎更重視支持與栽培新局與新人，甚至主動弱化各地區（臺灣、日本、中國大陸）分會長的推薦與會的名額，使得不論就有效性及象徵性意義來說，都確實弱化了研究會一久便難免存在的公關與溫情主義的習氣，其它自由及異質性的流動主體因此得以被接納。

　　至於為了維持每次基本的會務運作，我們每每在臉書與 LINE 開立工作群組，在各式待辦清單和瑣碎的討論間，在文人們散漫插話／畫的無政府主義式的習性下，彥文先生時常還能眼尖地點出我們該補充的部分，偶爾滲透以冷嘲。我有時不免覺得先生此舉實在太容易精神耗弱，這種隱性的執著，過日子恐怕也不如表象好混，他那麼散淡及審美化的人格竟然願意容忍？而當案子真

落實了下去，不足之處他又好像當沒這回事了，他總很少挑剔我們的失誤，還不時的主動「創造」出我們做得好的一些優點來勉勵，對待更年輕來支援的學生或研究生，總也細細密密地記得某某人的名字和特色，有機緣的話遂再一同吃飯道謝。彥文的這些教養，總讓我聯想到昔日田園時代的共耕勞作的風骨——有錢出錢、有力出力式的互助與扶持，在夕陽西下前，大家還能伴著剩下的一點點微光，圍著親如一家吃頓小飯。散場了亦無傷感，因為天下永遠需要勞動，我們沒完沒了，今日不見明日見。

　　我因此不曾覺得他將要退休，人走茶涼這種現實，在我這兒亦絕不承認。我覺得我們好像會再一起繼續工作很久很久。2016年6月，他將經營了20年的田野調查研究室的鑰匙和形式的印信交接給我，這是一份吃力不討好的工作——在如此世俗的後現代社會下，你／妳仍要相信與引導學生與自我靠近更多的土地與真實生命，仍然必須承受那麼多的人際衝突、矛盾與情感的必然磨損，而這樣的任務他竟一做也20年了嗎？去年交接時，我曾獻上辛波絲卡的〈致謝函〉敬表回應，有幾句話我仍願意再一次引述：

> 我虧欠那些
> 我不愛的人甚多。
> 另外有人更愛他們
> 讓我寬心。
> 很高興我不是
> 他們羊群裡的狼。……
> 我不會守著門窗
> 等候他們。
> 我的耐心
> 幾可媲美日晷儀，
> 我了解

愛無法理解的事物，

我原諒

愛無法原諒的事物。……

和他們同遊總是一切順心，

聽音樂會，

逛大教堂，

飽覽風景。……

感謝他們

讓我生活在三度空間裡，

在一個地平線因變動而真實，

既不抒情也不矯飾的空間。……（辛波絲卡〈致謝函〉摘）

　　彥文先生一生桃李滿天下，有太多人愛先生。事實上，想想三年來，我們真正說過的話，加起來絕不會超過數日，平日亦幾乎無公務外的書信與訊息往來，他唯一嚴肅地對我善意的「規勸」，大概是在中文圈裡性格剛烈不肯示弱會吃虧云云……我見識了他以後開始願意修正。同時，在這些日子裡，終究我為他做的，只是略替他承擔一些公務瑣事，並且為他開心而已。真正要感謝的是師母、前輩及數不清的學長姐們，讓我在與彥文先生相遇時，已能撿現成與占便宜——共享多人愛他因而能波及予我的道義、溫暖、信任與餘蔭，使我偶爾能喘息並重新學會呼吸。

　　所以我真的跟彥文先生至今只相處不到三年嗎？如果妳問他，他或許仍會一臉無奈地抱歉說：拜託，不要再多了。（2017年）

像他這樣的一位主任與同學

　　殷善培先生在 2011 年 8 月起接任淡江大學中文系主任，一任二年，連任二次，至今已近 6 年。2017 年 8 月 8 月 8 月起由周德良先生接棒。林偉淑教授說，殷主任卸任之後，她不知道該怎麼稱呼他，我不曾有這種煩惱，在我這裡，殷善培雖然是主任，但也不是主任，同事們有些因為曾被他教過，叫他一聲老師，但他也不是我的老師。我近三年才認識他，小他一整輪有餘，儘管大部分的時間我們也很少說話，主要以文字溝通，我一直覺得他比較像是我的同學。

　　我剛回來專任的 2014 年夏天，天氣炎熱，研究室分配在七樓「加蓋」區，剛好就在主任研究室的隔壁，室內冷氣一到夏天就不太靈光，至今我仍沒有申請維修，純粹是不想給人家帶來麻煩，也是懶。記得剛開學有一回，我到五樓系辦信箱拿資料，殷主任從辦公室走出來，主動問起我那間的冷氣機一直發出機械尖銳聲，可能要修，令我十分驚訝他竟然注意到這種小事。爾後，因為天氣實在太熱，我遂決定在太陽昇起前，每天早一點到研究室，以便享有一段時間的涼意。偶爾，我們會在六樓茶水間擦身而過，那個時間通常是早上 8 點半到 9 點間，再過了並不很久，就輾轉從前輩同事那聽說，殷同學家住基隆，每天 4 點清醒讀書，五、六點出發搭車、轉車再走克難坡步行至淡江，數十年如一日，抵達學校研究室的時間大概就是八九點間。

　　我真正開始「接受」殷主任的指導進行工作亦屬偶然。淡江風氣自由、文風浪漫，無論對中文系或外系來修課的學生，大抵多採支持鼓勵，有一分鼓勵到三分，有三分鼓勵到七分，七分以後就看各自才性、機緣與造化，無法強求與再成全。但青春的學生們初入「文學」，各式各樣的生命與主體無奇不有，自苦、耽

41　　　　　　　　　　　　　　　　　　路上

溺與張揚雖屬平常，但並非每個孩子都能調適。有一回，我列席參加一個由輔導室、家長、系代表和學生共同參與的諮商會議，那天外面下起了雨，殷主任快步趕到，雨傘和衣服濕了一片，會議由他主持，雖然有供午餐但亦無暇使用，一入會議便開始跟家長、孩子和諮商師討論起如何幫助某個學生的方法和行動，他的表述與溝通方式，像在處理一件嚴肅且重大的事，當然學生事務之於高校老師也是重要責任，但我再一次驚訝，竟然在咫尺之間，能親身見證如此細膩的人道感覺與歷史現場。

　　然而，由於我自身性格上的限制，和有感於較年輕時常說錯話，造成人與人之間誤會的無知，晚近多年，我雖然看似承擔諸多公共工作，但實際跟人的互動並不像表面活躍，也自知不好相處。為了降低給他人造成困擾與誤會的空間，更多的時候，我只以書信及訊息的方式跟外界溝通，不用電話，不參與應酬，以求中性寧靜。不太確定是否因為我很少去系辦，殷主任交辦我工作時，只能透過臉書訊息，公事之餘，偶爾也延伸到一些書，到後來，變成互相推薦愈來愈多的書，這時候我才知道，殷同學原來讀書極多，興趣極廣，治學路線從年輕時就甚為老派，不像我後知後覺，要過了而立年後，除了直接的研究對象，才開始較自覺廣涉蒐購與閱讀各方中西理論、社會、歷史、文化、哲學等經典書目，我發現許多我看過的書，殷同學都看過，而他推薦給我的一些他大學時代的書單，如卡西勒《人論》、博蘭尼的《個人知識》等等，我卻是補買補看後才知道好。

　　2016 年至 2017 年間，為了協助中文系處理 60 週年「六十有夢」專案，我們開始有較高密度的訊息溝通，後來收在《山海佇望》紀念文集中的許多文章的起源、路線、發想、對象，其實都是殷主任的建議。我在他的推薦與指導下，訪問了當年水源街上「起雲軒」的創辦人張爾廉，與「三三」早年淵源甚深、後來

走向民間書院實踐的馬叔禮，以及殷同學的老師李正治先生等等。他們的共同氣質與特色是，即使過了知天命及耳順之年，對知識與生命仍然充滿熱情，甚至可以說還有靈性。因此，在編輯該書的許多過程裡，我確實深受啟發與感動——這是在我多年閉門讀書寫文章之外，極少數讓我動到較深的感情的階段。或許有些前輩或學生可能覺得有點矯情，但當我終於來到「不惑」中年，我慢慢發覺自己比年輕的時候無情冷硬很多。但在執行《山海佇望》的期間，很難說不是我這幾年間較柔軟的一點時光。作為一個「江湖中人」，我因此相當羨慕殷善培和他的年輕時代，原來他曾是這些人的晚輩，曾經與那些相對較純粹與純情的理想同行。不像我們，成長於消費文化與信念崩毀的後現代，無論是紀實或虛構的世界，都讓我不得不長期抱持懷疑主義的眼光，我因此也感謝殷主任提供給我這樣的機緣，讓我得以修正與擴充我的世界觀與感覺結構中的部分感性。

　　不過，更多的時候，我們的思想和實踐方式仍非常不同，無論對公共工作或讀書，我們都有非常殊異的理解與進路。在我看來，殷同學博雅的老派讀書人的路線、一定程度傳統文人的生命基調，均讓他對一切知識和對象有著百科全書式的旁觀能力，在現代語境下，某種程度上甚至可以說帶有一種自由主義知識分子的品格與趣味。落實到公共工作後，他的包容度因此便能比一般人大上許多，像淡江中文系這樣超過千人的大系，上上下下事情極多，也不乏複雜，不同老師／知識分子之間的主體與意見不同在所難免，但他基本上能做到與人為善與實事求是，各項專案工作亦採高度授權，再輔以對後進平等相待，甚至主動提攜，實有效弱化許多老派中文系長期積累下的一些隱性控制的傳統與習氣。在他的引導下，淡江中文系的老師們平日才能各教各的書、各做各的工作，不過問更不干預他人的事，除非涉及到公共利益。

此外，我雖然能理解他「道法自然」的修養與處事方式，但我也不認為那當中一定生產出新的或較高的價值。作為一個現代知識分子，殷同學遠遠比我更為相信人的自主性與可能性，即使對學生亦不例外。舉例來說，淡江中文系的活動極多，亦注重網路媒介的互動，外校外系可能會覺得並無必要，學生好好「讀書」即可，但在這個時代，什麼又是「讀書」呢？我們能夠以過去傳統的「讀書」方式來期許或要求學生嗎？我們的人文精神（尤其在所謂的審美與「文學」上）總是存在著一些對實用主義的不信任，但當代臺灣的中文系的學生們畢業後面臨的就業困境，確實又需要正視。因此，在我的理解，殷主任高度支持與維持系上學生的多種創造性實踐，各種文學獎、社團、研究室、成果展、春秋兩季的研究生的研討會，每每讓學生除了「讀書」之外，還要承擔許多公共工作，藉以讓學生訓練組織規劃與執行能力。雖然並非每位學生都能認同這樣的知識「勞動」，每項專案過程中的矛盾亦很常見。我偶爾聽聞他每學期都在處理與折衝諸多學生甚至師長間的小矛盾，同時年輕學生亦不見得能明白與體會這種「教育」方法。有時，我遠遠看見他的時候總覺得他很疲累，在臺灣今日以邊緣異端為高，以公關放閃為榮，又不很尊重前輩與領導的文化下，我揣想他的平衡之道，或許也只能是求仁得仁。

　　也因此我注意到他的核心思想其實非常地審美與道家化，甚至有時候或許更為悲觀。但他大部分的時候都不會說。印象中有一次，我遠遠地坐在某個會議間的角落，聽著一個因為技術問題而造成的行政失誤，他卻仍然得概括承受。那時候大概是我剛進淡江專任不久，看著殷同學的背影，不知道為什麼覺得有點悲傷。後來類似的瑣瑣碎碎的事情實在太多，如果不是同舟共行，我實在難以相信一個如此願意獨善其身的讀書人，竟然可以為了公共工作承擔、平衡與節制到這種程度。甚至有一次，極少下系辦的

我，跟他難得說上幾句話，都覺得他似乎已經累到不知所云，但那種還是試圖想回應你、那種跟你／妳展開各式細節對話的誠意與態度，讓我覺得深深有敬意卻也太難承受。我相信那已經不只是修養，而是他良善的生命本質了。跟殷同學相比，自以為專攻社會主義與現代派文學的我，實在仍然是相當個人與自私了。

殷善培或許對淡江、淡水，甚至中文系情有獨鍾，也或許這一切仍是他大學時代夢想與信念的延伸與堅持，否則在學院「知識分子」以不參與公務的清潔為高的今日，承擔中文系六年主任下來，不但薪水與付出完全不成正比，而他又幾乎不參與外界的應酬、不求當官再上昇，無法獲得更多其它世俗的「好處」，所求為何呢？

2017 年 6 月 9 日星期五中午，他主持了任期內的最後一次系務會議，會中邀請了本系百歲的系友，親自給小同學頒發獎學金。看著他扶著資深前輩送獎學金給孩子的模樣，我忽然想到以前我們在溝通上的一些爭執——作為一個幕僚與朋友，我時常不認同他過於消解式的寬容，但他或許更重視的仍是「不言之教」，將自由與自覺還給每個人。儘管有時候或基於性格，或基於公務上的權衡，他直接說錯話失禮時亦有，但更多的時候，我明白他已經做出了階段性成熟的各種決策。儘管我沒有足夠的機緣，能完整見識他六年的「執政」種種，但這三年的經驗，已讓我也願意重新反省自己在讀書的路線、為人與做事上的幼稚與不足，故以這篇文章權作一種歷史紀錄與記念。（2017 年）

一些小事

我從來沒有想過寫一篇回顧自己在臺灣社會成長的文章，不是因為謙虛，而是確實覺得，相對於中國大陸，活在臺灣的我輩世代，生命經驗貧乏。印象裡，臺灣解嚴（1987年）後，有幾年兩大報（中國時報、聯合報）的文學獎首獎，最後時常被中國大陸的人民拿下，臺北文化圈也語重心長地感慨，就說大陸同胞畢竟歷練多、故事多，賦到滄桑句便工吧。

我出生在1977年的臺北夏天。小時候，父親常微笑地張開他厚實的雙手掌，對我說：「姐姐抱回家的時候才那麼大。」在歷史上，70年代末是中華人民共和國與美國重新建交，並與中華民國／臺灣斷交的年份，也是臺灣的「鄉土文學論戰」興起的時代，那是一場不只回應臺灣現實社會與文學的論爭，更是對戰後歷史中的臺灣政治、經濟、社會的綜合反省的新里程。當然，這些歷史，都是我再長大一些，甚至很慚愧地說，是到進入博士班（2005年9月9月以後）的階段，才慢慢從書堆中一點一滴拼湊回的現實認識。

臺灣的小學念6年，我不太確定當年讀書時的氛圍與條件，是否跟解嚴後密切相關，但我的童年／少年的經驗，確實十分自由、甜美甚至充滿靈光。五、六年級時，我因緣際會進了全校的音樂／樂隊班，導師是基督徒，每天一大早不到7點，全班就要到校練習演奏，7點半到8點，背誦三字經與弟子規，接著全校升旗典禮，然後上課，日復一日。班上教室位子的排法永遠都是分組狀態，據說這是老師的實驗，希望讓我們養成討論與啟發的人格特質，全校只有我們一班是如此。而校園圖書館也就在我們班教室的另一側，導師時常上課到一半，就讓全班到圖書館自己找書看。這個階段我印象最深的二本書，一本是日本作家黑柳徹

子的《愛的故事》（後來臺版改譯名為《窗邊的小豆豆》），另一本是法國作家聖修伯里的《小王子》，一直到成年，有時候我仍會想像，活在綠色森林的深處或宇宙的異時空裡，在那裡，每個人都不會只看到帽子，狐狸和玫瑰也永遠都有溫度。那時候，我還每天寫日記，導師會逐字圈點。那個年代純情執著，偶爾覺得本日無事、天下太平，我就偷懶地寫上：「今天我很快樂」，導師亦回評：「哪裡快樂？發生了什麼？」令我頓時臉紅，再也不敢用一句話敷衍。當年課外活動也很多，從小學三年級開始，每年學校都有遠足（用徒步的方式，到附近景點的小旅行），我的父親似乎也支持讓他的大女兒到處亂跑，因此我還曾多次參加過校園組織的野生露營，學會過自己搭帳蓬、用木炭升火煮飯、熬綠豆湯。夜深，還時常跟同學一起看星星唱歌，曲子之一，也是五、六年級導師每天早晨都會帶我們唱的聖歌：「愛是恆久忍耐，又有恩慈，愛是不嫉妒。愛是不自誇，不張狂，不作害羞的事。不求自己的益處，不輕易發怒，不計算人的惡，不喜歡不義，只喜歡真理。凡事包容，凡事相信，凡事盼望，凡事忍耐。愛是永不止息。」

　　念初中是 90 年代初，臺灣黨外野百合社運的高峰期，大學生都跑到臺北中正紀念堂（現在的「自由廣場」）靜坐抗議國民黨和萬年國會，彼時還小，我也未能躬逢其盛，但校園內的各式制度和氛圍，應該也有受到影響，至少在北臺灣可能更明顯——我們初一時即開始在每週的班會中推動「民主」議事，無論是班級項目、全校性活動，都採用集體討論與形式表決，那時候我們覺得凡事表決、少數服從多數，就是所謂的「民主」，但私下靠情誼拉票，也是事實，連全校模範生，都是用投票選的。但同時，校園內也仍在繼續落實著國民黨大力推動的「中華文化復興運動」（我輩大概是最後受此影響的一代），國文課本所收錄的文章百

分之九十以上都是文言文，還外加每學期一冊的《中華文化基本教材》（即《論語》、《孟子》選讀等），在學校一定得講普通話，若講臺灣方言／臺語，常常要被罰一句話五元。校園內各式演講、朗讀等提升語言能力的專案也很多，但每每講到最後，一定要以「拯救大陸苦難同胞於水深火熱中……」作結。那個年代，那種時光，也不覺得有多教條，甚至還覺得相當神聖。父親是1949年跟隨著國民黨來臺的「外省人」，母親是臺灣臺中人，家中主要使用普通話，所以我常被老師們認為發音正確、咬字清晰，特別占便宜，從小就參加過各式語言競賽，不無虛榮。再加上性格似乎比較活潑，常常被選出來當幹部，初中的學區外省小孩居多，打架、溜課也常有，當幹部的得要有點江湖義氣才能平衡得了各方局面。多年後，當我終於讀到了朱天心的《想我眷村的兄弟們》，覺得頗為親切，但既不是因為我曾住過眷村（我們家在一般本省人與客家人的社區），也不是因為她那些日後頗有社會地位、成就與光芒的眷村兄弟，更非認同那種「天還是以前的藍」的懷舊姿態，我純粹只是覺得，那種外省小孩生命中的強勢、躁動、不安、緊張與流離，我不陌生，我們或許都共同承擔了部分國共歷史鬥爭下，最後的外省第二代茫然困惑的精神結構。

　　母親的家族主要集中在臺中大雅，附近有清泉崗國際機場——當年曾是臺灣中部支援美國空軍的重要基地。我的一個三姨（母親的妹妹），後來就早早跟美軍戀愛結婚，80年代中即移民美國，晚年再離婚改嫁香港人。而母親的弟弟，家族中唯一的男孩，也早早就被洗腦，只有多學習英文與外語，才是正途，也確實很順利在70、80年代臺灣經濟快速起飛時上升，迅速從農轉商——在臺灣有數間家庭式的代工廠（即在整棟的房子中，一、二樓作工廠，三、四、五樓當住家），在國外也有很多聯絡點。那時大陸可能才剛改革開放，歐美的國際貿易市場及機會仍多掌

握在臺商的手中，因此我這個舅舅，就順理成章地成為家族眼中的「成功」典範，而資本的力量確實強大，爾後祇靠轉投資各國房地產，他一生就愈來愈「成功」。但如果要問我從中看到／學習到了什麼，我至今仍覺得，主要是以一種更有身體感的方式，認識了臺灣鄉土與經濟發展史的一種微小的縮影。或許，也一點都不重要。

我一生看過最多閒書和電影的階段，大概也就是在頹廢的高中時期。學校的功課隨意應付，回了家就盡看雜書（佛洛伊德、榮格、佛洛姆和阿德勒等，都是這個階段讀的），和電影（那時候多是錄影帶，VCD 也才剛有）──臺灣解嚴後的 90 年代，引進了非常多的經典老片、有些實驗性格的歐洲藝術片，通俗片當然也有。當年從錄影帶店被我一片片搬回家日以繼夜觀看的，例如：《教父》、《印度支那》、《阿拉伯的勞倫斯》、《純真年代》、《似曾相似》、《遠離非洲》、《法國中尉的女人》、《瑪莉雪萊之科學怪人》、《費城》等等。雖然臺灣 80 年代後已經興起了很多的一些本土及所謂新電影浪潮的重要作品，但無論是候孝賢、楊德昌還是李安的片子，對我來說，都是在日後念碩博士的治學階段，為了加強文藝史的常識才去補看的。國高中整個階段就是崇洋。30 多歲以後，當我終於補看了楊德昌的《牯嶺街少年殺人事件》（1991 年），也已然明白它可能太過於菁英視野、臺北感覺、中產階級或小資產階級情調，但那種內在聲音被視作不切實際、學業成績不符合長輩期望，成天只剩下聽聽英文歌，亂讀課外書，耽湎於友朋之間纖細的情感往來，還是令我明白自己原來並不孤獨，有好多人跟我們一樣──不能適應某種體制，如此焦慮又如此溫柔。

當然我仍然算得上世俗意義上的幸運者。那些我從各式文學、心理雜書和藝術電影吸收而來的直覺，使我或許不自覺地學

會——如何最低地應付成人世界的期待，貌合神離也時常有。我的一個高中女同學就不然，她成績差到被老師們頻頻盯上，後來校方發現，她其實是因為家庭經濟與家暴的壓力，晚上不得不到酒店打工，根本無心念書。她的美麗在女校中也沒什麼資本交換的空間。但世俗的世界又真的能給她更多的自由嗎？當年我不能明白師長們的態度與處理方式，先生們終究也只會、只能在講臺上不斷歎氣，表示個人的無奈與社會的殘酷，再不然頂多做做家訪掌握狀況，卻不能真正給予她實際的幫助！既無法伸手扶持，又有什麼資格以校規及道德為名批評？我對從小到大的教育意義的懷疑更為強烈。女同學後來休了學，真正去「上班」了，教室的座位空下了一個，像落了一顆門牙，但很快地也有轉學生填補，我也依然繼續安靜地混日子、讀雜書和看電影。

父母親在90年初的「異」見也變多。那時伴隨著解嚴而來的，是臺灣本土意識的高度興起。長期在各種社經地位覺得受到壓抑的本省人，已然成為新的強勢族群。如果你家的背景是上層外省人（例如白先勇），往往被視為特權階級，如果是基層外省人，則會被暗示且嘲笑為新的下層階級，而判斷這種成分的基礎，通常採用的是父輩的條件。同時無論哪一種血統，都會被認為總之「外省人」就是占了「臺灣人」很多優勢與便宜。這麼露骨、簡化且教條的唯物主張，在90年代一直到21世紀初的臺灣，恐怕都不在少數，當然或許這也是早年「外省人」曾教條地壓迫過本省人的一種歷史辯證，不完全沒有合理性，但結果是，「外省人」成了新的原罪。

我不確定是否因為時代氛圍如此，當父親在解嚴後屢次爭取要回到大陸探親，母親總是持非常激烈且反對的態度，而且開始認為她當年小嫁了父親，甚為委屈。臺灣市民社會裡也普遍傳說，來臺的「外省人」多在家鄉已有妻兒，要慎防男人回了大陸就不

要臺灣的妻小。父親確實在回過廣東老家後，曾跟母親暗示希望接某個親戚來臺，對方賢淑且懂得各式家務，能為母親分擔辛勞，母親無法接受，父親也就更少開口。但兩人間的耿耿於懷，也影響了父親晚年的生活品質。90 年代中，父親即因長期的慢性病抑鬱而逝，只活了 60 餘歲。人死是否為大？家家是否有本難念的經？人的幸福，是否只有一種固定的模式？每當想起父親，想起他早年零丁在臺的處境被忽視，想起他中年晚婚，成家後的逢年過節，仍總是親自接那些仍孤身在臺的軍隊戰友到家中吃飯，想起他一生相信家國的忠誠被輕看，連最後效忠的國民黨也終究跟共產黨握手言和，想起他的兒女們，為了掙脫紀律一個比一個更反叛……，歷史無情，也有情吧。日後，當我日漸從治學的史料過程中明白——共產黨的崛起比國民黨更有合理性與說服力，我一方面深深為中國人民感到慶幸與祝福，同時亦終於明白一生教我要有所信仰，做人要有所信念的父親，或許只是錯信了一個黨，在歷史的十字路口的一瞬間往右，卻再也無法回頭，一生就是他的代價。

當然，我並不是在這種崇高的歷史感的召喚下，日後走上了研究中國現當代文學的道路。從大學、碩士到博士班初期，我應該更接近的仍只是一個耽於審美的普通文青。雖然我開始念大學時，時序已經進入 2000 年，但受限於國民黨來臺後禁絕五四左翼文藝，也同時禁絕日據時期左翼文學的歷史條件，我們國高中讀到的所謂「文學」，在學校內，更多的就是講究去歷史社會化的生命修養的文人文言文；而在現代文學的部分，也多是個人式的、小抒情小知性的散文，琦君和梁實秋都受到高度重視。儘管我一路念的都是私立大學，但仍深受正統中文系的典律影響——古典文學仍占極高的比例，現代文學一定是選修，而且開的老師極少。一個喜好現代文藝的學生，如果僅僅只是靠學校的教學和

材料，毫無大量且自發性地閱讀古今中外文學，要走出具有主體性甚至創造性的道路，幾乎是不可能的。當然有時候也可能有例外，我不確定自己是不是正在往這個方向走去。

大學／本科的階段，我先後受教於沈謙和王潤華教授。沈謙是臺灣當代著名的文學批評家，早年研究《文心雕龍》，同時特別關注於文學批評的現當代通變與實踐。我先後修過他開的「文學概論」、「修辭學」及「文學批評」等課程。沈先生上課跟一般傳統中文系的先生很不同，雖然他是師大系統出身，對古典甚為重視，但無論就上課教材及授課方式，沈謙也不忽略西方文學的各式淵源與視野。他對晚輩也很關心與提攜，我後來念了碩士，雖然論文並非由沈謙老師指導，但也常跟著他的研究生一起到他臺北的家中談書論藝，沈老師總是在煙霧彌漫的狀態裡，逐字逐句評點學生的文章，即使不是他直接指導的，他亦鼓勵你拿文章給他看，寫的還可以，老師總是建議我們修改了一些後，幫忙推薦發表。

王潤華則是當年剛從新加坡國立大學退休，第二度來臺客座（第一度是 1983 年在清華大學）。那時他大概不太清楚臺灣的現代文學淵源和程度，給我們上課的材料和方式，每一次都像給研究生作講座。我在選修他的「現代文學」、「文學批評」的過程裡，第一次大量地閱讀了魯迅、老舍和沈從文的小說和相關批評史料。他雖然特別欣賞英美詩人 T・S・艾略特（Thomas Stearns Eliot），也很自覺地應用艾略特的「詩人型批評家」的理論——這種理論將文學批評視為創作的副產品，帶有較強的主觀及細緻的文化品格，但王先生也並不忽視大量閱讀、歷史社會語境和比較文學（例如他曾將老舍的《駱駝祥子》和康拉德的《黑暗的心》聯繫起來）的分析，這可能跟他早年在美國念碩博士時，跟隨的是五四運動史的大家周策縱教授有關。我後來買書藏書愈來愈往

非「文學」的歷史、社會擴展，大概也跟大學／本科階段的間接影響不無關係。

時代已經來到 21 世紀初，自 20 世紀 90 年代的後現代思潮與虛無的感覺，時常彌漫在四周——年輕人們談戀愛、吃美食、逛大街當漫遊者，就是不太讀書。偶爾往來一些所謂的文青，算菁英嗎？交談仍多重抽象哲理、溫柔敦厚、人性教化，跟外面混亂的臺灣社會一比，總覺得哪兒又不太協調。遂想起 2000 年臺灣第一次政黨輪替時，我恐怕跟許多青年知識分子一樣激動，即使父親曾是國民黨系統，我卻也將票投給了另一方，為此連本省人的母親也不能諒解！那時候，我已經從報章、新聞、雜書和不斷的電視文化宣傳裡，膚淺地補上了「黨外」、「野百合運動」和部分的臺灣戰後歷史，也陸續地自習閱讀了許多日據時期左翼傾向的各式文學作品，內心對當時臺灣的反對黨，或許投射了一種浪漫的希望，但也很快地在不久即發生的貪腐的新現象裡，覺得被擺了一道！沈謙先生那時剛好鼓勵我繼續深造，他時常如父親一般地對我說：「會被啟發的，讀什麼東西都會被啟發。」而人的生命的本質和命運，又是否如同種子，若未曾存有，連發芽都不可能？經不起那時候沈謙先生每隔一段時間的鼓勵，也困惑於臺灣歷史社會和未來將往何處去，我才終於有了好好再讀書的意願。

我的碩士、博士論文都是研究大陸現當代文學。碩士論文寫的是莫言，博士論文寫的是 1957 年被打成「右派」的「探求者」作家群及其文學困境的發生與形成，進而想要長期思考的是第三世界國家文學困境的相關問題。我在碩士階段雖然是沈謙先生引薦入門，但他很快地便明示我應該轉益多師，所以我遂跟隨鄭明娳先生作碩論。臺灣早年女性批評家極少，鄭先生就是其中極具代表性的一位，她本來研究古典小說，畢業後改研究現代散文，

無論從現代散文理論的建樹，到批評的實踐，鄭老師在臺灣的文學批評圈都有一定的地位。她的閱讀和興趣也相當廣泛，她開的「散文研討」和「小說研討」時，雖然主要教我們使用的仍是臺灣 70 年代，由臺大顏元叔所推動下的「新批評」的方法，但她往往能提出非常精密、細緻且具有創意性的詮釋，並在一種相似主題學或藝術論的比較／參照下，補強了「新批評」的局限。寫莫言的論文的階段，我對大陸當代文學的參照作品／閱讀仍很有限（現在也是），雖然亦企圖採用較精細的「新批評」式的分析，但品評的結果大概也很一般，後來由臺北文史哲出版社成書出版，很少再敢拿出來再見人，實在是羞於少作。但碩士階段這樣對審美與纖細的追求，在某種意義上，或許也是讓我能暫時回避，或者說逃避兩岸歷史社會更複雜的困境與問題的一種方式。日後，當我閱讀到大陸批評家蔡翔先生的《何謂文學本身》，深感「純文學」背後所擱置與逃避的視野，跟我們臺灣文青當年所耽溺的有多麼相近似的結構。這又是為什麼？

我帶著更多的困惑進入了博士班，同時因緣際會成了呂正惠和施淑先生的學生，博士論文最後亦由呂正惠先生指導。呂先生早年研究的是古典詩，後來受到了盧卡契的影響，80 年代中以後，開始以文學社會學的方法，評點過許多臺灣現代文學的作家和代表作（收入他的《小說與社會》）。他以融會社會和歷史的視野，對臺灣戰後的文學生產作出的分析（如《戰後臺灣文學經驗》），對我輩也起了一定的影響。解嚴後，呂先生也是最早重新關注日據時期臺灣的左翼視野，和大陸現當代文學進入臺灣的重要批評家。80 年代末，臺北新地出版社曾引進過一批大陸當代文學，作者包括「右派」／歸來作家的汪曾祺、王蒙、陸文夫、高曉聲、張賢亮、從維熙，及「知青」世代的王安憶、史鐵生、張承志、阿城等，當然還有 2012 年榮獲諾貝爾文學獎的莫言，呂先生對

他們也不陌生，甚至為「右派」世代的作家撰有一篇短序，收入新地版的這套大陸當代文學叢書。施淑先生則是在臺灣保守的中文系學院中，敢於最早開設「文學社會學」與「大陸當代文學」課程的教授，我應該算是她最後一屆的學生，在她的引導下，囫圇吞棗地讀過一遍西方馬克思主義／代表的文學批評家著作，除了盧卡契，還包括呂西安‧戈德曼、馬舍雷、本雅明、阿多諾等等。此外，博士班後期階段，我還在機緣偶然性下，旁聽過諸多大陸大家學者的現當代文學、思想與歷史整合的課程與講座——包括洪子誠、錢理群、孫歌、王中忱、王曉明、蔡翔、薛毅、倪偉、賀照田、張志強等先生們，他們對我一生日後在讀書、人格與理想上的啟發與感染，可能不下臺灣對我的滋養。

21 世紀第一個十年後，大陸以大國的姿態崛起，似乎已成定局。兩岸的政治、經濟、社會、文化局勢，也進入重新的盤整階段。對臺灣而言，有愈來愈多的臺商，在這新一波的現實中從大陸市場撤回，只剩某些接近規模經濟的大廠及其上下游，才能在已日漸成熟的大陸內地市場保有利潤並維持擴充。臺灣島內也由於長期高度擴充高等教育，工作及發展機會有限，造成高失業率、青年人貧窮等新的社會危機；同時，一些新的移民（如大陸、越南新娘、新郎）和移工（如菲律賓、泰國）在臺的平等與權益問題，也日漸浮上檯面；而許多仍具有理想主義性格的臺灣知識分子，也有一些人自願回歸臺灣鄉土／農村，實踐一種非資本主義邏輯的自結自足的生活想像；在文化圈內，菁英與所謂的「文學」、「藝術」視野雖然仍是主流，但民間與青年人、中生代的網路（如臉書）論壇，也累積了愈來愈差異化且多元的聲音——對弱勢族群的再關注與抗爭、對後冷戰時期亞洲現實的再反思，甚至對中國大陸和共產黨實事求是的再理解，似乎已經慢慢開始形成條件和氣候。

2010 年 2 月，我正式拿到博士學位，開始進入學院工作，也

更頻繁地往返兩岸，爭取參與更多的學術與文化公共事務，但即使人已經來到中年，我仍然不免會受到早年生命經驗的影響，以一種非常個人與情感化的方式進行現實判斷，以致於有時仍無法中性地面對任務與處理現實問題。然而，當我偶爾受邀到中國大陸參與相關會議或工作坊，結交天下各路英豪友朋，我時常驚訝於大陸的前輩、同儕，甚至更年輕的一代，對社會、歷史、真理的追求與執著。他們兢兢業業地清理歷史中有價值的命題，逐步積累地開發與實踐一己的社會責任，不拘於短期現實效益而有著更長遠的人類抱負，都令我時常慚愧於自己長年的任性與虛無，讓我充分意識到作為一個臺灣知識分子在文化人格上的限制。但我們確實也來到了新的世界歷史與兩岸歷史的交叉口，許多新舊現實仍是我們共同交集的問題。我們是否能一起聯手工作？我們是否能互為他者，彼此信任甚至創造緊張以為進步？我們能為未來做些什麼？

　　儘管前方仍亮起紅燈，儘管我們不確定未來可能有理想國。（原稿寫於 2013 年，2017 年微幅修訂。）

第二輯 印象

她眼中的英雄暮年——讀朱邦薇〈永久的紀念〉

〈永久的紀念〉是朱邦薇為其祖父朱東潤（1896-1988）的《李方舟傳》所寫的後記。旨在描述此書的出版因緣，以及略為交待朱東潤先生晚年的情景。跟許多五四時期或新中國建國後的作家，或作家的兒孫、朋友寫的紀念文一樣，〈永久的紀念〉也具有他傳散文的性質。

朱先生的著作，當年因為要準備考博士班的關係，我只讀過了《中國文學批評史大綱》，也談不上什麼深刻的啟發或刺激。讀了朱邦薇〈永久的紀念〉才知道，原來朱先生當年曾任復旦大學中文系主任，在 1966 年文革初始時，即被打成「資產階級反動學術權威」，朱先生的夫人，也就是鄒蓮舫女士，也在 2 年後，在當時的氛圍下「自絕於人民」。朱邦薇從小跟在朱先生和夫人身邊，第一手的經歷與體驗兩位老人當時的狀態。儘管事已淡去，但朱邦薇的文筆仍極具有許多形象直覺的感染力，在她筆下，朱東潤先生的靈魂似乎仍然屹立。

我對大陸的傳記文學沒有研究，胡亂蒐集一堆傳記的習慣倒也是有，相較起來，同樣是學者的他傳作品，〈永久的紀念〉以其篇幅，當然不可能有《陳寅恪的最後二十年》，或章詒和《往事並不如煙》那樣更精緻與立體，但仍然有許多令人印象深刻的細節。在朱邦薇的眼中，祖父朱東潤先生有一種剛毅式的溫柔，夫人自殺後儘管立刻又要被批鬥，仍能壓抑／控制住自己的傷痛，不願意將痛苦與情緒帶給孩子。朱先生下鄉勞動的艱辛，也未道與孫女，多的是告訴朱邦薇農村人民的純樸和善良，如某個農村大姐，在其被派去幫忙大家燒飯時，不但不支使他做事，更搬小竹椅讓其歇息。另一次，朱邦薇下鄉回來找到祖父，當時朱先生已因「僅」被定罪為「人民內部的問題」，能開始參加《二十四史》

的標點和校勘工作，她看見其它的老師們，讓朱先生坐在室內唯一的軟椅，在光線最好的窗口前。然後朱邦薇寫道：「祖父醒了，看到我很高興，大家都笑了。」

不太瞭解朱邦薇的學養背景，但在此文中，她對祖父學術品格的理解，感性中自有說服力：1978 年，朱東潤被平反，得以取回過去被沒收的《梅堯臣傳》、《梅堯臣集編年校注》和《梅堯臣詩選》的手搞，這時候的朱先生，在她眼中所記錄的是：「臉上露出難得的笑容。⋯⋯就像一位孤獨的父親，終於找到離亂中失散多年的孩子。」1979 年，在復旦大學為鄒蓮舫的平反大會上，她寫下朱先生肅然的說：「我的願望是無休無止地為祖國、為自己選擇的工作而努力。活著就要戰鬥，永遠戰鬥，永不鬆懈。」讀之令我聯想到巴金晚年的〈懷念蕭珊〉，夜暮低垂，即使無法志在千里，也仍然要追求來者。

於是，這個暮年的英雄，在《陳子龍及其時代》的書寫中，是不是也寄託了寓意呢？駱玉明先生對此書的引薦時，用了《陳子龍及其時代》自己的說法：「農民起義是被明王朝的腐敗統治激起的，而由於明朝軍隊無力在兩線作戰，終於導致清人入關的結局。這不是一個吳三桂可以造成的事實。」

朱邦薇最後寫到，祖父對她說：「他希望能活下去，他還有許多工作沒有做完，家中的幾部稿子還等待進一步的考訂和修改，他想親眼看見中文系的前進與發展。」

這是一篇讀了會讓人有敬意的散文，而外於此文卻仍然麻木的原因之一，是我懷疑，在我所生長的今天，也能有讓我直覺傾慕的對象。（2008 年）

何不讀讀黃碧端？兼談〈孫將軍印象記〉與〈逝日篇〉

　　黃碧端曾擔任過文建會主委，新聞稿介紹她從官員、作家到校長的經歷等等，記者先生大概對文學不太有熱情，在我這裡，黃一直是個寫散文的，而且可能是臺灣女散文家中寫得很有味道，卻很少被研究者注意到的一位。洪範書店為她出版的第一本散文集《有風初起》的折頁說她的作品：「小品風格優遊從容，兼以質地綿密，說理抒情最能直指人心，而篇幅純淨，與時下流行的文體迥異趨趣。」我以為「純淨」兩字說得準確。陳義芝編的《散文教室》，介紹了臺灣 12 位代表散文家，也有黃碧端：比喻她是「澄江欲融的雪」。清冷的，卻也是一種前方將有春天的態勢。

　　我念碩士時，曾以集郵一般的情懷，收集過黃的許多散文集和文學評論集，散文集除了《有風初起》外，《沒有了英雄》也寫得有意思，文學評論則有本小書《書香長短調》，再後來則還有《月光下文學的海》。在那裡，或說說最使人扼腕的諾貝爾獎落選人托爾斯泰，或說說想要潛越上帝權力，而終究要付出代價的瑪麗·雪萊的《科學怪人》，學者的博雅與知識分子的教養乃是意料之中，見性情也是意料之中的，畢竟是五六十見過世面的熟女，但她的藝術趣味和直覺好像就不是容易學的。

　　〈孫將軍印象記〉（1990 年）收在她的《沒有了英雄》，記錄她和先生，為了取回自家的一只箱子，拜訪孫立人將軍的一面之緣。孫立人當年曾被蔣介石懷疑，因而被軟禁了 30 餘年，解嚴後才被「平反」。這個歸來後的孫將軍，一直惦記著黃的先生的父親，為他們家還有一只箱子放在他那邊而掛念了四分之一個世紀。黃碧端寫到跟先生一起去找孫將軍取箱子，看到年近 90 的孫將軍：「不笑時也永遠有一種和悅如微笑的神情」，孫將軍還問他們夫婦信不信教，夫婦倆搖了頭，將軍自己也接著說：「我也

沒有，我只信這裡……」黃續寫：「他說時把右手貼在左胸上」。心。

　　另一篇〈逝日〉（1988 年），收在黃的第一本散文集《有風初起》，寫的是對留美歲月的紀念，風格靜美卻一點都不哀傷，黃碧端自己翻了一首葬禮悼詞放在這篇散文裡，頗有互文的作用，當中的「我是無聲的鳥群，乍然旋飛振起」在文中就出現過二次，走過求學的一段烏托邦歲月，在黃的筆下，是「知識和田園的理想過渡，是霜雪預言雨露或雨露預言霜雪的那種過渡。消失了，卻未嘗告別。」讀到這一段時，我總想起葉嘉瑩先生說到的晏殊詞：「滿目山河空念遠，落花風雨更傷春，不如憐取眼前人。」不同於歐陽修和馮年已，也很有情的。但想得開，放得下，走得出去。（2008 年）

旋轉木馬的中心——看《陽光燦爛的日子》

　　10 幾歲 20 初的時候，喜歡村上春樹的小說，除了《挪威的森林》、《國境之南與太陽之西》印象很深，《旋轉木馬的終端》那時也讀得頗有興味。有陣子，甚至因此時常到家附近的大江國際購物中心，專程去看那時還有的一組旋轉木馬和孩子們的遊戲，把虛無滲透進骨子裡，好自以為理解了《旋轉木馬的終端》的諷喻——前面根本沒有終點，而人們總仍想奮力地向前衝刺的悲哀。現在也仍不覺其完全淺薄。

　　《陽光燦爛的日子》（1994 年）談過的人多，但我感覺有幾段細節很令人驚豔，似乎也較少人關注，自然不是那些飛機大炮、那高立的毛主席像，也不是穿著軍裝敲鑼打鼓的士兵，這些在很多紀錄片和其它的電影裡也看得到。深刻的第一個印象是那群男孩子要幫同學報仇——他們的同學據說在路上想幫別的小孩，卻被另一幫人揍了，男孩們孰不可忍，拿上傢伙、騎上腳踏車就出發去幹架，出發前的收音機裡傳來，中國又戰勝美國帝國主義云云的聲音，然後國際歌揚起，這幫男孩復仇的火燒烈，馬小軍砸破對方男孩的頭，血頓時從上流下，男孩躺倒，國際歌仍在繼續。

　　第二個細節放在朝鮮人民軍協奏團來中國公演的背景，男孩們興高采烈在外頭看著這些大使經過，後來，來了一個跟他們年紀相仿的女孩兒，男孩推了余北蓓叫她去找那女孩兒過來，余北蓓走上梯子，悄聲地似乎跟新的女孩兒說了什麼，兩人就一起再下了梯子，自信而優雅的，背景傳來演藝廳公演的盛大掌聲。

　　第三節細節是兩派男孩子又要鬥毆，最後在一個看似混得較好的男孩的領導下，大和解了，大家衝往一家「莫斯科的餐廳」歡慶，像後來我們在哈利波特電影中，常看到的英式長桌的兩側喝酒狂歡，那個混混的小領導氣派的說了什麼和解的話，全場歡

聲雷動、鼓掌，在唱起喀秋莎前、在男孩被抬上另一些男孩的肩膀前、在背景旁白配上他日後如何被殺掉前，男孩以超齡的眼光看了四周，鼓掌的手的姿態，正是在紀錄片中常看到的毛澤東所用的那一種。

他們都是軍人的小孩，父親在遠方。他們又都是文革歷史下生產出的中學生，眼睛張開看到的多是飛機、軍裝、武器，會幹架、嚮往英雄主義與理想主義也就有其邏輯合理性了。再是青春期的男孩，片子又是 90 以後的，女孩、肉體、性、暴力就都可以放進去了。這樣的十全大補、面面俱到，再加上懷疑自己的記憶，解構再解構式的部分倒真是夠了。

我喜歡那三個細節，在中共九大後的空檔，社會為孩子的世界，無意間創造出一個新的舞臺中心，暫不用人道和人性的本質化論述來批判的話，那裡有的，或許終究是令人久違的，飽滿而有朝氣的文革小敘事的歷史豐富性——暴力、新生、純情、獸性、集體、理想與倦怠間的辯證關係，在日常裡，裸露不腐敗而頑強的虛無。（2009 年）

備註：《陽光燦爛的日子》，改編自王朔的原著小說《動物凶猛》（臺灣版為時報出版），原著中似乎並沒有電影中的這三段情節。同時整體來說，電影改編得比小說豐富。

近看王蒙的三張照片

　　王蒙的作品真是多，從《王蒙文集》蒐集到《蘇聯祭》，從自傳第一部《半生多事》到第二部《大塊文章》；王蒙的研究也真是普遍，從曹玉如編的《王蒙年譜》，到中國海洋大學專為他出的《王蒙研究》，眼看已經有這麼多人圍繞在他身邊了，而他太太又為他補寫了不少兼有史料性的生活細節，生也有涯，不過，那《半生多事》裡非常沒用的文人爸爸，倒好像很有趣。

　　趁著北部過年仍又濕又冷了，打開電視很快就出現大陸大風雪的消息。準備博士資格考的空檔仍有，現在也已經又知道博論急不得，讀雜書的想法終於浮現了。遂把近年蒐集的右派作家的作品拿出來，讀了桑塔格從照片看戰爭的文章，想想也來專看看照片。

　　王蒙有張在三亞崖縣大東海的游泳合照，那個地名對我無法起任何的想像，他光著上半身，左右各二個大男人，照片註記著是 1983 年，雖是黑白，但眯眯眼的王蒙看起來精神仍很好，身上的肌肉似乎也很結實，陰影處彷彿略顯彈性，在伊犁果真是鍛鍊之地。五個大男人各自小露個一、二點，下半身都在水底下，海水也當然也有波紋。

　　第二張照片拍於 1985 年，王先生穿著西裝、深顏色襯衫，在新疆維吾爾自治區，跟一個似乎是穿著傳統服飾的美女打招呼，女人高舉著雙手，面露陽光燦爛的日子般的露齒笑，王蒙單手回應她一個面向自己的手勢，地下看不見他的影子，別人的倒是有，背景熱鬧烘烘，我總覺得他們似乎是在跳舞。

　　第三張的王蒙在抱貓，他身穿厚毛衣，背後或是磚牆，或是磚門，貓兒是被反過來抱的，他的一雙手都貼在貓兒的側背上，

其中一隻手的力道必定有一點重，貓兒的毛在那處是陷下去的，貓兒沒有逃走，願意乖乖被抱著一會兒拍拍照，他們感情大概是不錯，這點我是可以說的，我養過一隻大白貓，她只有在需要妳的時候，才會貼到妳身邊來，後來自然是死了。王蒙自傳中提到他養過的貓也有死的，對此我覺得很親切。

　　汪曾祺的照片，我最喜歡的有他跟其孫女合照的一張，汪先生被孫女戴上了一頂奇怪的毛線帽，還用像絲巾的布綁了繫在脖子下，看起來好玩極了。還有一張 1995 年跟林斤瀾在溫州的合影，這兩個老頭的眼神非常迷人。高曉聲的照片少，而且怎麼看，真是葉兆言所說的「土到沒辦法形容」，不過他會有那麼多愛情故事，我真是不意外。《陸文夫文集》的每冊前幾頁也都有些照片，印象比較深刻的是一張在蘇州某園林拍的，人就坐在園林的框架內，陸先生跟一個女人各一側，沒有靠得很近。《宗璞自述》中的照片，大自然、老建築、馮友蘭，加起來似乎比自己多，《茹志鵑日記》則是只放了一張照片，王安憶先編到 1965 年，以後或許還很有看頭。不過，目前為止，還沒看到他們有游泳、抱貓，以及與露齒笑開懷的女人的合照。（2009 年）

在大自然裡——屠格涅夫《羅亭》二三事

屠格涅夫（1818-1883）是俄國著名的現實主義小說家，長於透過各種人物形象的書寫，帶出當時俄國社會中的各種問題，1856 年，他出版了第一部中長篇小說《羅亭》，描寫一個具有理想主義性格的男性知識分子：羅亭，有知識、才華、善辯，但卻缺乏行動與實踐能力，事實上是那個社會中的零餘者／多餘的人。後來這個概念被五四新文化運動所吸收，瞿秋白也有一篇知名的作品，就叫作《多餘的話》，感慨一個文人書生從事政治的尷尬——本來一心想入世革命，但最終都成了社會中多餘的人。

作為一位極優秀的創作者，屠格涅夫當然不只是那麼現實的，他不只是有呈現社會，實踐一個知識分子本份的那一面，還有對神祕的精神、內在的世界無遠弗界的追求。從性情的角度上來揣摩，屠格涅夫應該是一個非常浪漫的人，這種浪漫的天性，尤其展現在他筆下的女性形象和大自然的書寫上。甚至某種意義上可以說，女性和自然，在屠格涅夫的文學世界裡，有著微妙的、同構的意義。

在《羅亭》中，男主人公羅亭準備跟女主人公娜塔莉亞告白，屠格涅夫塑造了這樣的背景：「在遙遠、灰白的蒼穹深處，星星剛剛開始在閃爍；在西邊，紅色的霞光還沒有完全消逝——在那兒，地平線顯得更明和清晰了；半圓的月亮那金色的光輝，透過白樺樹低垂的、如網狀般交錯的枝葉流瀉下來。……」在那裡，希望如同星星和霞光一般裸現，大自然的此刻一切飽滿、多樣、富有變化與生命力。一切還尚未開始重複。然而，當羅亭的愛情和生活前景失利，外在的大自然的景觀也驟變：「乳白色的濃雲連成一片，遮蓋著整個天空；猛刮起來的大風，呼嘯著，尖叫著，卷著濃雲疾馳。」此刻的混濁、躁動，一如羅亭不安與焦慮的心。

一般都認為屠格涅夫筆下的女性形象極精采，不只是她們的性格看似平面，實則熱烈、果敢具有張力，這也可以跟他偏好大自然聯繫起來理解。她們是未經馴化的新鮮大自然，也是另一種八九點鐘的太陽吧。無論是《羅亭》或是《阿霞》，屠格涅夫總喜歡選用年輕的女人作為女主人公，她們初識人間，一切還跌跌撞撞，還不懂得自保的世故，還不明白活得輕鬆的方法，所以能常溢出男主人公的理解之外，甚至能因此促進男主人公的自我更新——還是《羅亭》、還是娜塔莉亞，當娜塔莉亞慢慢發現羅亭的清談傾向與懦弱本質，她忽然頓時了悟羅亭並不懂得什麼是真正的愛，她制止了自己的眼淚，收回了凝視著他的目光，挺起了她的腰身……。原來如此，羅亭此時也才明白，他並不曾真的瞭解過娜塔莉亞。（2013 年）

為了愛？——《香水》的印象追憶

　　德國小說家徐四金（Patrick Süskind, 1949- ）的《香水》（1985），早在 1992 年即由臺灣皇冠出版社出版，我後知後覺，買到讀到時，已經是 26 刷的 2004 年。現在很難想像，竟然會有一部文學作品，能創造出那麼高的銷售／閱讀量，但當年也不是因為暢銷而跟進，更年輕時讀書糊塗，這邊一本那邊一篇，材料的年份誰清楚！所以印象裡，我一度以為徐四金和他的《香水》應該是個更古老的作家作品。2006 年，同名電影大獲成功，甚至又在臺灣的第四臺陸續重播好幾年，我才終於補作了一些功課，知道了它原來就年輕，而且看似日後也不容易老去。

　　《香水》其實並不因紅火而容易被理解。雖然它的題材很花俏——人人都愛看天才的病態，葛奴乙正是極端。他的嗅覺才能，就像畫家能夠辨視大自然的萬種色彩，音樂家長於區分各種頻率調性，葛奴乙則是能聞到與製造出各種味道。但他自己是沒有味道的，這一點在電影中也有點出，但小說更仔細地交待了他的出身，或許也暗示了他「無味」的原因——母親生下他就將他遺棄，看似好心的宗教機構雖然也曾一度收留了他，讓葛奴乙在那裡受洗、命名，但掌管修道院的神父，也並不能落實更多的精細善意：「他很怕技術上的細節，因為細節通常意味困難，而困難通常就意味他心靈的平靜會受打擾」，神父最終也害怕了，這孩子太敏感纖細，仍要送走他。

　　愛的缺席，或許可以看作葛奴乙短短一生天才的動力。沒有香味、也沒有臭味的他，雖然能辨視他者，卻無法被別人辨視。葛奴乙終究明白這一點的，他好焦慮，孜孜以求的就是要創造出真實的愛的味道。為此，他開始獵殺，尋找不同類型、美麗的女人，萃取她們身上的味道。沒有人比他更能發現她們各自的獨創

性了，但美也無法震攝他！葛奴乙是無慾的，他愛的只是味道，和終極透過當中的不同氣味，所創造／組合出的愛的味道。而當完成這組味道的這一天到來，他在廣場上作出了測試──男男女女頓時均入了肉林，交配的原則無分階級、身分、地位，光天化日，理所當然。

而葛奴乙看似在笑，其實仍是無表情的。勝利，也不過如此？現在，這愛的味道經他散布四周，每個見到他的人都好愛他，但這孩子卻如何的空虛啊！好奇怪，也不奇怪，他曾真正愛過別人嗎？他學習過回應別人的愛嗎？

於是葛奴乙回到了他最初出生的地方，從那暗巷拱廊間再度走近人群，葛奴乙將整瓶愛的香水倒在自己身上，人民撲了上來，每個人都想要他身上的一塊，然後，又迅速地退回了暗處。他們也沒想到自己竟然會吃人，而且，居然很容易。徐四金這樣為《香水》作結：「他們忍不住微笑，自豪極了，有生以來第一次，因為愛，他們做了某件事。」（2013 年）

備註：括號中引文出自徐四金《香水》（臺北：皇冠出版社，2004 年）。

《為愛朗讀》究竟在朗讀什麼？

電影《為愛朗讀》（The Reader）重新帶動一波閱讀西方文學經典的風潮，其中最核心的，是契訶夫（1860-1904）的《帶小狗的女人》。這部作品可以說是契訶夫晚期代表作，寫於 1899 年。在《為愛朗讀》中，男主人公少年時，曾為情人朗讀這篇作品，後來，為了某種接近贖罪般的心理，他也錄製了這部作品的卡帶給獄中的女人——體貼女人其實根本不識字，也不願意承認自己是文盲的意志與尊嚴。而女人也根據這個錄音，到圖書室裡借出小說，兩相對照開始學起閱讀和寫字。

《帶小狗的女人》究竟是一篇怎麼樣的作品呢？表面上，《帶小狗的女人》似乎只是一部講述婚外戀的通俗小說，男主人古羅夫在雅爾塔度假時，認識了同樣在此地遊玩的有夫之婦的年輕女人，本來只是意外的曖昧，但或許基於對青春的渴慕、對生命中美好事物的希望與期待、對「活」的意志，古羅夫和女主人公最後都動了真情。但他們也都發現，這是一條很艱困的路。正如同托爾斯泰在《安娜·卡列尼娜》（1877）就已經反映的：彼時俄國社會上上下下的偽善，不可能容得下表裡如一的安娜。安娜的悲劇甚至不在於愛情的追求，而是她想要過一種真正的生活，不願一再被日常、庸俗和世俗價值磨損生命。

契訶夫《帶小狗的女人》某種意義上，也繼承了這樣的主題，但長於撰寫中短篇小說的契訶夫，關注的焦點跟托爾斯泰想反映的大社會、大格局不同。契訶夫喜歡細細追問各式生命的細節、情感的本真、愛情的本質，探問人為什麼要有祕密？為什麼會同時存在相當矛盾的外在生活和心靈世界？每個人都有理智，但為什麼還是會深受非理性支配？人為什麼要自我欺騙及欺騙他人？而婚姻與愛情，在人類歷史上，又真的是絕對、專一與毫無誤會？

例如，我們所愛上的人，究竟是那個對象本身，還是我們想像與理想的一種虛幻的投射？

契訶夫或許也無法回應他自己的各式真誠的叩問。在《帶小狗的女人》中，男主人公在下雪天送女兒去上學，對女兒說出這樣隱喻般的話：「現在氣溫是零上三度，然而下雪了。……這只是地球表面的溫度，大氣上層的溫度就完全不同了。」對表面不一的理解與同情，對人性有善意而不點破一切，對現實有判準卻不完全概括也留有彈性，難道不就是《為愛朗讀》裡的男主人公對女主人公更高價值與意義的成全嗎？（2013年）

黛西沒有靈魂——重讀《大亨小傳》的一隅

費茲傑羅（F. Scott Fitzgerald, 1896-1940）的《大亨小傳》（The Great Gatsby）又重新拍了電影，連不常讀西方文學的年輕中文系學生也去看，讚賞者有之，看不懂者有之，紛紛在 FB 上發言，難得對文學起了討論的熱情。新電影我沒看，因為覺得《大亨小傳》就情節來說相當簡單，作品最大的優點，以前的評論家也多所提過了—— 20 世紀初期美國的浮誇與浪漫，就藝術上來說，感傷和感傷的哲學化，可能是最有意思的一點。

我 20 初歲就讀過《大亨小傳》，最初倒不是受到那種浪漫所吸引，反而是敘事者三不五時穿插的哲理性，例如：「你每次想開口批評別人的時候，只要記住，世界上的人不是個個都像你這樣，從小就占了這麼多便宜」，或者：「青年人拿你當作知己所傾吐的知心話往往是千篇一律，而且壞在並不誠實，很少和盤托出」云云。那時候可能還是在建立世界觀的階段（現在也還沒完成）。後來因為讀書研究的關係，歐洲和俄國小說比較少讀，美國文學就暫時擱下，倒也不是有意為之。

再讀《大亨小傳》，黛西還是引人注意。她屬於那種永遠知道自己哪裡吸引人，也懂得吸引人的人物，這自然有一部分是年輕美麗的關係，但跟俄國小說如《戰爭與和平》中的娜塔莎、《阿霞》中的阿霞很不同，或許我讀的不多，但我覺得俄國小說，比較長於寫女人未被充分啟蒙前的原初時光——還不那麼社會化的、還不懂人世的，等到她們真的「長大」了，小說／作者也不知道怎麼為她們推進更有層次的前景了，所以《安娜·卡列尼娜》的安娜最終走向自毀，《戰爭與和平》的娜塔莎又回去作了家庭主婦，而契訶夫的《帶小狗的女人》的女人呢？新生之路仍然遙遙無期。

印象

黛西不一樣。黛西一出場就是世故成人，她長於安排「成功」的人生，懂得笑的魅力，對任何她想要吸引的人，她都有一種足以讓對方誤解──芸芸眾生之中、她最高興見到的就是你的本事。她虛榮、虛妄也虛無，但男主人公蓋茲比何嘗不是愛她的空呢？運用不光明的手段在資本主義世界上昇的他已經有點倦怠，蓋茲比壞，但不徹底，他還惦惦想望著年輕時的美與夢。

　　黛西一直是寄生／依附式的女人。《嘉莉妹妹》的嘉莉也靠美色上昇，但她至少還願意工作，為自己的人生稍動到力，黛西虛，一切都在飄，駕車意外碾死了人，甚至沒有起過一點想負責的念頭，仍企圖以美的力量稀釋一切，但蓋茲比卻還要救贖她，這時他對美的追求，已茁壯出一些真與善的品質了。而當蓋茲比將死，黛西會為他流淚，恢復可能的本心嗎？黛西愛她的先生湯姆嗎？她愛過蓋茲比嗎？

　　出身基層的蓋茲比其實能看清楚黛西，儘管在他最意亂情迷的時候，他還是能：「意味到金錢怎樣能夠維護和保持青春的神祕，意味到一套一套華貴的衣服怎樣能夠使人清新脫俗。」蓋茲比的理智被膚淺的美所支配，但如果不是那麼淺，蓋茲比又如何能成為「大亨」呢？

　　評論家們在談論《大亨小傳》時，時常高舉蓋茲比的天真和浪漫，大力批判黛西的庸俗與淺薄，黛西可謂文學史上最沒有靈魂的女人之一了，但蓋茲比的靈魂又步入過深刻之境嗎？（2013年）

備註：括號中的引文，取自的版本為喬志高譯《大亨小傳》（臺北：時報出版，2011年）。

伊莉莎白的妹妹們

在臺灣，珍・奧斯汀（Jane Austen，1775-1817）的《傲慢與偏見》（Pride and Prejudice），大概是從世俗到文化圈都一致肯定、欣賞的作品。此書的翻譯也早，版本多多。許多原文小說在臺灣一向不容易要買就有，但《傲慢與偏見》絕不屬此中貨色。走一趟誠品，甚至走一趟非臺北市區的誠品，也都不難發現它仍掛在架上，還不只一本。連像我那麼少蒐集原文小說的人，書房裡也要裝一點文青，供著一本 Pride and Prejudice。改編的影像劇更不用說，一路從黑白拍到彩色，從大螢幕的電影到 BBC 的套裝劇，完全一點都沒看過的，恐怕會被人覺得：你開玩笑吧！那可是珍・奧斯汀啊！

《傲慢與偏見》之所以能雅俗共賞，甚至在一個後現代的社會裡仍大有讀者，跟她看似多元的包容度大有關係。有鄉村、有貴族、有世俗逼婚愛錢的母親，也有智慧內斂的老爹。有善良拘謹的珍、有爽朗謙遜的賓利，當然還有迷人與豐富的伊莉莎白和達西。它時而田園詩歌、時而幽默風趣、時而嘲笑牧師的俗、時而刺激貴夫人們的傲與偽善。就社會意識和歷史問題的視野，它也體現了 18 世紀末、19 世紀初的英國，由於女性無法繼承家產，因此只能靠物色一位「長期飯票」的窘境。珍・奧斯汀或許也深諳那當中的卑微，舉重若輕的加入了許多好笑又坦誠的段落。例如小說第四章，含蓄的大姊不斷向伊莉莎白稱讚賓利先生：他通情達理、幽默、有活力等等，一下子就被女主人公頂回去：其實就是長得帥吧！這讓我想起史賓諾沙曾說過的：「不要哭，不要笑，要理解。」珍・奧斯汀還是希望我們哭與笑的，而理解，到來也好，暫時不懂，也不很重要。畢竟，珍・奧斯汀的目標，更多的是要保存常人最需要的人間溫情吧。

伊莉莎白和達西已經被談得太多。一看就知道珍·奧斯汀其實更多地欣賞一種貴族式的高尚趣味，甚至不惜以其它角色的庸俗和歇斯底里來襯托他們。例如伊莉莎白的三個妹妹，其中一個幾乎無法給人任何印象，另一個總是喜歡拿著書講大道理，一點都不討人喜歡，而最慘的是嫁給了毫無誠信的威肯先生的傻妹妹，一路糊塗到底仍然自鳴得意、沾沾自喜，甚至覺得自己終於成了「太太」，依輩分能走在姐姐們的前面了，完全不知道父兄姐姐們如何默默地為她善後。在 BBC 版的《傲慢與偏見》中，她最終的一幕是披頭散髮、衣衫不整地坐在床沿，威肯仍在旁邊喝酒──這就不只是意淫了，真正把她看俗了。

無論哪個版本的《傲慢與偏見》，每當我觀看、體悟到奧斯汀創造出來的伊莉莎白的品味、聰明與智慧的形象與人格時，我總不由自主地更多地想起她的妹妹們，想起伊莉莎白或許沒有好好盡到作為一個姐姐的責任。當然她的妹妹們，自然就是要逃離與抵抗伊莉莎白的，某種意義上，這也算是一種被壓迫吧。不過就是太多的善與天真嗎？不過就是還不懂妥善地使用善與天真嗎？（2013 年）

另一種痞子敘事——談蔣子龍〈赤橙黃綠青藍紫〉

〈赤橙黃綠青藍紫〉，是蔣子龍（1941-）早期的代表小說之一，曾獲 1982 年大陸全國優秀中篇小說獎。故事的時間背景置於改革開放 80 年代初期，空間背景主要以一個鋼鐵工廠裡的運輸部門展開。

男主人公劉思佳的形象較為複雜，在性格上，他是一個心地善良、很有義氣，但同時也不時帶有狡滑、小聰明的年輕人；在工作，他在電器、駕駛技術、管理與權術掌握上，也有相當的能力。他自小在鄉下出生，小學四年級時才來到天津縣城，念書的過程中，儘管他聰明又認真，但因曾被城市小孩欺負，激發起了他高度的上進心與報復心，他更努力地學普通話，力求進入「現代」生活，同時也部分地採用了傳統上以暴制暴的手段制服欺負他的人。文化大革命開始後，劉思佳自然書也不讀了，被推舉為鬧革命的頭頭，他的父母親為了怕他惹禍，便把他關在家裡，讓他學電器。然而，也因為文革的關係，大學停止招生，72 年中學畢業後的劉思佳無其他發展的可能，直接被分配到這個鋼鐵工廠作司機。在工廠，劉思佳因為重義氣、有技術、懂權術，遇強則強、遇弱則弱，所以深受工廠中各派人馬、男男女女的欣賞與依附，但劉思佳對大部分的工廠的人，包括那些視他為好朋友的同事或崇拜他的女人，其實都帶有一種微妙的嫌隙，他深深明白自己的能力遠遠在這些庸輩之上，他能輕易看出廠內政治和管理上的關鍵問題卻不點破，而寧願採用一種體制外的、接近痞子式的破壞方式引起眾人注意。本篇小說的開端，就是從劉思佳無視於改革開放初期不穩定的制度和氛圍，大膽地直接在鋼鐵工廠門口，以一個國營體制內工人的身分，公開正大光明走資本主義道路——做起小生意、賣起煎餅的細節展開。

小說的另一條主線，從女主人公、共產黨員解淨身上發展。她本來在工廠中學化驗，但因緣際會常被車廠的領導叫去寫材料、寫批判，後來黨委書記到她的單位來蹲點，看上了她的能力，遂將她調到廠部作祕書。這個年輕的共產黨員，真心相信黨，性格純潔又正義，文革中雖然仍年少無知，曾幫忙寫宣傳稿、作文字工作，但在四人幫倒臺後，這類工作性質的人也間接被牽連，換句話說，改革開放後，人民群眾對政治已形冷感，解淨長期信仰的價值觀也全部崩塌，深深遺憾她自己荒廢了大好青春，因此不願意再聽從領導的安排繼續從事政工系統的任務（事實上，她的領導對此階段社會和黨的發展，也有同樣的困惑），反而自願想下到廠內最基層的單位來重新學習技術。所以，在小說中，她來到了劉思佳的這個運輸部門擔任副隊長，成了劉思佳的領導。也由於時空條件已經來到了改革開放初期，中國大陸的各種思想也開始發生了變化，上面領導對於劉思佳這種賣煎餅的行為，難以有一種明確的立場和處理方式，故把這個燙手山芋推給解淨面對，希望解淨來處理劉思佳的問題，小說便從這個交會點上，以劉思佳和解淨之結識、互動和交手來開展情節。

　　解淨性格外柔內剛，既然下到了運輸單位，她也努力放下身段學開車，學習與一堆粗魯、露骨，但自有其文化的工人們相處，進而慢慢觀察、歸納與處理工廠的問題，日漸贏得部分工人的尊重。劉思佳對解淨的態度也因此很微妙，一方面，他不認同解淨這種空降部隊，忌妒解淨比他有權有政治機運，而自己可能永遠只是一個工人；二方面，他有時又被解淨認真和不服輸地處理事物的方式所折服，不時也會加入幫忙解淨解決問題的行列，讓劉思佳身邊沒有頭腦的跟班、小混混們很不能理解。劉思佳總是不按牌理出牌，總是想透過制度之外的方式對他人好（或收服他人），包括為廠內生病的工人籌錢、包括偷偷地畫出改善運輸部

門績效的管理「八卦圖」，解淨在這樣跟他交手無數次後，終於日漸掌握住他高自尊但無私利的心理模式和相處之道，最終更在一場運油卡車失火爆炸的事件中，到達相互和解——解淨毫無考慮自身的安全即去救火，而劉思佳在慢半拍後，也終於被解淨的行動／實踐軟化，投入救火的行列，他們之間因此生成了一種幽微的默契與感情，儘管雙方似乎有意，但最終彼此都沒有選擇愛情。

　　末了，他們仍在調笑與暗語間，維持各自的個性、以各自的方式繼續為集體／工廠效力，推出了最後的小調：「赤橙黃綠青藍紫」的多色彩、多面向的轉型時期的社會、人生與人格隱喻。（2013 年）

汪曾祺的寂寞與溫暖——也談〈日規〉

在中國大陸曾被打為「右派」的老一輩作家中，汪曾祺（1920-1997）是深受臺灣文化圈熟知的一位。他的全集1998年就由北京師範大學出版（八卷本）。臺灣解嚴後，1987年，新地文學也發行了他的選集，名為《寂寞與溫暖》。在大學課堂、日常生活裡，我常常跟朋友、學生聊起汪曾祺的作品，每每都能獲得不少的迴響與共鳴，就是不知道是不是因為我們的時代已經過得太虛無，日常、庸俗的壓力恆常難以擺脫，因此特別需要像汪曾祺這樣看似淡定、溫暖、幽默又充滿小趣味的救贖？

汪曾祺的淡定與情趣，當然跟臺灣時下村上春樹式的「小確幸」的境界不同，1985年，汪曾祺曾被錯劃為「右派」，下放到一個農業科學研究所勞動將近4年，改革開放後，他也是屬於「大器晚成」的個案，一直要到80年代末、90年初起才愈受到重視。這種生命的背景跟他的小說有如出一轍的部分，汪曾祺的性格或許也接近那位《寂寞與溫暖》的主人公沈沅——本來就是不爭的人，但被迫進入了大時代，此時，任何靜靜的讀書做事，也得如履薄冰了。她／他像農作物一樣，瀕臨日晒雨淋，天地不仁，卻也逆來順受。

〈日規〉是一篇比較少被人注意到的作品，小說的背景在抗戰時期的西南聯大，男主人公蔡德惠是生物系的助教。那時條件緊張，連教授的夫人都要靠賣花打雜作點小活貼補家用。對蔡德惠這樣的年輕人，日子更是難過了。但他也清清淡淡，無所抱怨，每日靜靜地讀著他的書、做著他的筆記，身邊的老師／長輩們雖然話不多說，但總覺得這孩子將來會有出息的。而蔡德惠覺得自己苦嗎？也並沒有，他雖然不太主動，但也不孤僻，還會做針線活，鐘表壞了，再買不起，就用一根筷子插在土牆上，看著它影

子的變化來辨識時間，這就是「日規」了。

　　蔡德惠的結局好不好？不好。他一直營養不良。時代太苦，每個人也許也願意關懷他人，但行動確實很有限。小說中，蔡德惠的老師之一的高崇禮，因為靠著種植劍蘭，讓夫人拿到市場小賣，每週還能吃上一頓雞湯，聽聞蔡德惠之死，高崇禮當天也難過得再吃不下，他想到這孩子若也能每天喝一碗雞湯，或許就並不會死。

　　而那「日規」呢？還是天地不仁，「日規」也仍繼續移動。

　　淡然中的苦澀，但有心者也不輕易放下，生命裡仍有著一種對他者善意的掛念，儘管無能為力的多。晚年的汪曾祺愈來愈受到重視，稱呼從「老汪」變成「汪老」，不但小說、散文深受文學評論者肯定，廣入文學史，他接近齊白石風格的國畫也日漸知名。但據說還是他的外孫女汪卉厲害，有天給他買了一隻小鳥的工藝品，問為什麼？覺得汪老畫的鳥兒一點都不像鳥吧，汪家人哈哈大笑，笑得最大聲的還是汪曾祺！（2013 年）

一種生靈的呼喚──讀屠格涅夫的〈三次相遇〉

只要真正進入狀況的文學與批評的工作者，都不難明白，文學批評本質上是一種比較文學批評，尤其在現當代文學領域，如果本國或外國文學的閱讀量過低，其實很難對於自身的文學作品和特質有相對精確的認識和評價。

我的閱讀量至今也遠遠不夠，因此時常強迫自己，在與文化圈長輩及友人的對話過程中，發現那些還沒讀過的好作品，屠格涅夫（1818-1883）的〈三次相遇〉就是其中的一篇。

〈三次相遇〉發表於1952年，跟反映農奴問題的《獵人筆記》同一年，據說屠格涅夫本人對這篇小說評價不高，但涅克拉索夫卻很喜歡，認為它能夠使人聯想或重溫某種青春時期無比強烈的內心體驗。小說的故事結構其實很簡單，零餘者式的貴族主人公「我」，有一天在自己的莊園附近打獵，他搜尋了灌木叢和野地，經過了那一帶僅有的沼澤，慢慢地四下毫無人聲，連夜似乎都開始期待著生靈的聲音，這時候，他瞥見了一個美麗的女子，對方明亮、輝煌，他彷彿感染了那種純粹的幸福，進入了一種夢境。男主人公不敢也不願意打擾她，所以總是透過各式的打聽、偷偷追蹤，企圖更多地靠近這位女主人公。

他們總共相遇過三次，前二次只是「窺視」，只有最後一次有對話。

男主人公是旁觀者而不是投入者，這不只是敘述上的策略，大概也跟作者性情有關。所以，屠格涅夫小說往往最被人稱道的，是他筆下的大自然和女主人公的形象，它們／她們是作者刻意保持一段距離的美學對象與被觀看者，非社會化又生機勃勃，但屠格涅夫恐怕對現實也極為了然，所以她們的必要條件一定得年輕，

只有年輕，才能大膽地流露美麗、幸福與不幸，不考慮命運的後果或下場，一點都不現實地，熱情與激烈地回應心靈的召喚。《羅亭》、《阿霞》、《初戀》無一不如此。

但有意思的是，〈三次相遇〉乍看下來也有一個被美學化、被觀看的女主人，但小說寫的真正精采的地方，其實是這個男主人公的精神與心理的「成長」，在這一段過程裡，男主人公歷經好奇、打聽、追索、作夢，到後來撒小謊施小惠，但也歷經貴族式的靈魂不安——那女人畢竟是他的一個夢，男主人公終究純情地不願意破壞她／它、褻瀆她／它，甚至也不願意再知道更多，如果他敢於再有力一點，再主動一點，他是完全能得到這個女主人公的，但男主人公想要的或許只是靈性般的美，他不願意自己的心靈再承擔更多。所以當女主人公問他：「你究竟要我做些什麼？」男主人公已跟她說上了話，完成一種男性靈魂的探索及自覺了，已經非常滿足，沒有她，誰來讓你發現心靈深處的聲音？誰來讓你認識自我的層次呢？所以他回女主人公說他什麼也不想：「就這樣我已經很幸福了」。

從最好的一面來說，屠格涅夫筆下的男主人公，雖然有點膽怯，但本質終究是善良、敏感且崇高的，即使因為讀書太多，在愛的世界裡，與其說他們看見與愛上的是真正的對方／她者，不如說他們愛上的只是心目中的一種美好的夢、信念與美的原型。所以作品中充滿幻化——像普魯斯特的主人公斯萬一般，觀看女性，如同觀看某種藝術品與歷史。而人類的藝術品與歷史源遠流長，生也有涯，美麗與神祕者仍多。屠格涅夫的浪漫主義的關鍵特質與限制因此仍在其節制，探索的是抒情而非倫理學上的深度，是揮一揮衣袖，不帶走一片雲彩。（2014 年）

寫給《微光》NO.8 的一封信

親愛的《微光》NO.8：

　　曹馭博用臉書（FB）寄來你們的新詩稿，告訴我主題是「氣象」，請我寫序。作為一個掛名卻少有貢獻的指導老師，我自然願意工作——平衡自己的愧疚。在淡水 5 月氣候轉驟變化的小城，又有什麼工作，會比在深夜裡，閱讀一批「氣象」詩要來得貼切呢？

　　我喜歡你們這一期稿詩作小節「灰雨季」、「旱季即將來臨」與「微形霧」的命名，灰暗、陰冷、乾旱，同時仍是霧中風景吧？而且還是微形的。你們似乎比在課堂裡更立體，想得更多也更遠，那種偶然間忽然以某種隱喻，頓悟出的某些生命景觀，令我覺得我們彼此之間的交往有希望進入下一個階段。

　　「灰雨季」讀起來像夢境，似乎走入了一種契訶夫筆下的灰色世界，外面下著雨，但你哪裡都不能去，唯一能安慰與維持心靈自由的，只有夢了，如有〈夜行狼〉的「整夜你拿著細網／坐在草地上頭數羊」（曹馭博），想像狼、羊與引來的另一些狼群的關係，那些是你平日想說卻不能說的話嗎？「搜尋的任務／還落在你那兒嗎？」我真是中年了，這詩讀起來令人有點心疼。

　　安淳是好想像與主體調適的，在「灰雨季」裡，她總也能為自己安頓出個世界來，沒有光也可以，沌混不明也可以，所以在〈畢竟這裡沒有了光〉能以散落著的艙內、艙外、小女孩、走道上的空姐等意象，以及仍未被命名的小標，想像且努力地過渡「灰雨季」，妳最大的特色大概就是敢於保留未命名的未知，我但願將妳推離我更遠。

　　〈我的悲傷就快要到盡頭〉有光，在這個意義上，看似負面

書寫的細節，也有了抵抗灰雨的願望。這樣的句子了然於心：「即使我攀附於虹彩之間／太陽也從不為我升起／但夜晚不闇／月亮會吊起，星辰還有微光／我的悲傷就快要到盡頭」（林佑霖），如果說虹彩如寵辱，也沒什麼好怕的，既然它會消失，悲傷也會有終止的一天。你一定懂，這是多麼令人安心的規律，是吧？

「旱季即將來臨」什麼呢？〈真正有病的是〉告訴我們：「治療那些朝誰扔完石頭然後下跪奉上糖果與眼淚的／治療那些嗜吃麵包認為比麵包師傅性命重要的」（楊沛容），唯有旱季，唯有上天賞賜給我們的匱乏，我們才能反思何謂有病。沛容是太快懂事了。Laliau〈待辦事項清單〉也寫自我的旱季——世俗生活與靈魂生活對比如此強烈，表面日常，人後企圖墜落。妳說：「背對著『落空的可能』／如果是百分之百向後墜落就好了／……甚至獨自生活」，我替妳擔心，妳是不會願意輕易被救贖的，在詩中墜落就好，好嗎？何況，還有人讀著妳的詩。

我揣想你們一定相信，「微形霧」有一天也可能形成一片「霧中風景」，但沒那麼快，有很多樹才會長成森林——這真是令我無法說服你們的老生常談。但我因此也喜歡〈Midori〉中的自找麻煩的焦慮：「而鹿角還停在檻尬的年紀／一起隨著林木／長出淺淺的枝枒」（李冠緯），有趣的是，其實詩人都知道自己正在成長，儘管一切朦朧。然而，也有一些生命如霧，即使輕，呼吸起來也令人傷痛，在〈沒有神的教士禱告著〉你才需要傾訴吧：「折到書的瞬間／會看見你冷眼望著的幻覺／……這種抱回憶的謊言／那只是我自衛的祈禱」（褚岳霖），作一個清醒的、沒有神但仍願意禱告的教士，你的霧裡即使暫時無花陪伴，但當傷害與恐懼消散，我樂於期待這樣的靈魂。（2015 年）

有情的社會主義文藝家——管窺錢谷融先生

　　微信傳來錢谷融先生於 2017 年 9 月 28 日教師節逝世於上海華山醫院。

　　臺灣的文化圈與學術圈，對錢谷融先生大抵相當陌生，儘管拜網路科技發達，其基本背景不難略知。1919 年，先生出生於江蘇武進，早年畢業於中央大學師範學院國文系，新中國建國後，上海成立了華東師範大學（目前為大陸 985 重點高校），錢先生開始在此教書與研究，但由於受到 50 年代中「反右」運動，及 60、70 年代的文革影響，學術生涯長達 38 年僅擔任講師，一直到改革開放後才被正名為教授。2000 年錢先生正式退休，亦終於迎來了日隆的聲譽—— 2008 年，上海華東師範大學出版社出版了《錢谷融論文學》、《錢谷融研究資料選》及《錢谷融文藝思想初探》，肯定其文藝理論、思想與審美的豐富與深度。2013 年，上海人民文學出版社，更將先生的一生代表作重新整理，出版了四卷本的《錢谷融文集》，包含卷一的文論，卷二的散文、譯文，卷三的對話及卷四的書信等等。儘管跟同輩的中國大陸學者相較，錢先生的著作實不算多，但量少質精，不容小覷。而其編有的《中國現當代文學作品選》，至今仍長年為中國大陸高等學校文科專業教材，凡此種種，均說明先生在大陸現當代文學界的代表地位與影響力。

　　當然，我之所以略知錢先生，遠遠談不上對先生其人其作有什麼「研究」，純粹只是因緣巧合。大概在 2007 年左右，我申請到臺灣陸委會的赴大陸研究獎勵案，輾轉赴上海訪問了王曉明先生，爾後，又在機緣到位下，陸續認識了薛毅、倪偉、羅崗、毛尖、倪文尖等諸多優秀的上海學界前輩，在廣泛地蒐集與閱讀這些學者專書的同時，我才注意到他們大多都是曉明先生的學生

（倪文尖先生應算同門），都曾在華師大麗娃河畔問學求道與相濡以沫，而曉明先生則是錢先生的大弟子之一，他們身上都有一種我當年難以理解的對現當代文學、思想與社會實踐的高度熱情，而且完全無法以臺灣對大陸的窄化想像來概括。後來當中的多位亦曾來臺講學或訪問，他們出入中西現當代文學的水平、文化人格與趣味，均讓更多臺灣學子們擴大格局與耳目一新，我可能亦是較完整地接受過這批前輩洗禮的「晚輩」之一，基於「沿波討源」，我才開始上溯閱讀一些錢先生的著作，並於 2013 年 4 月上海的冬末，在倪文尖先生的引領下，赴錢先生位在華師大的宿舍親訪先生一次，我一直聽說錢先生的博雅與魏晉風度，昔日訪談時的爽朗親切仍歷歷在目，先生甚至隨和地為該年淡江大學中文系第 29 屆的五虎崗文學獎倒數舉牌，鼓勵晚輩對生命繼往開來的信心。

錢先生在 50 年代中因著名論文《論文學是人學》備受肯定，並初步奠定在學界的地位，但亦隨即遭來極左派抽象上綱批判，到了文革時期，更被正式劃為「右派」，繼續被各方、包括自己的學生鬥爭。70 年代末改革開放，歷史陸續清理，大致已不難說清楚當中的是非——多年來自以為「左」的各方，其思維與行動實踐，與其說是基於「左」的理想與信念，實則是教條化或窄化下的「左」，很少真正從歷史具體性來討論與分析問題，更多的採取粗糙的階級、出身與反動論，以在道德上與批鬥上先驗地取得無往不利的優位。

就我目前的理解，錢先生《論文學是人學》之所以至今仍有影響力及引用價值，正是在於錢先生始終從文藝的形象與具體性出發討論問題，同時自覺地採取一種理想的社會主義觀，為其立身處事與審美判斷之道——這一點在今日兩岸已幾乎全面資本主義與世俗化下，並非容易理解。《論文學是人學》主張作家寫

作應以「人」為核心，「人」是世界的主人，但也是各種社會關係總和的一份子，因此不宜簡單地使用「普世」觀與價值來泛化——因為這容易導致創造看似有道德與哲理的「文學」時，成全極端的個人與自由，卻無法回應個人的歷史、社會與道義責任。因此，當作家不得不反映人物的階級分化的事實和價值選擇時，錢先生無疑地更明白傾向大多數的「人民」立場的重要性。在此文中，先生引用西蒙波夫曾舉過的例子，說明在一場戰爭中，一個青年因一時的膽怯沒有將撤退命令送到，導致全團陣亡，在思考這個青年人要承擔的責任時，作家是否能以「普世」價值來寬恕？如果作家此時將更多的同情給了這樣的青年人，如何回應更多的「人民」的感情？是以，真正的社會主義人道主義及其文學，並非應止於「普世」。

然而，對文藝並非最終「普世」的價值傾向，並不意味著社會主義文藝是無情與粗暴的，恰恰相反，在錢先生一生的文藝理論代表作中，他無疑地極為重視作家的自我、真實、真誠、感情與特殊性，並在具體作品中的個人、集體、歷史與時代關係中，給予辯證式的相對公正判斷。所以，一個真正具有理想的社會主義思想水平的作家（儘管他可能是不自覺的），他自然會忠於他筆下的具體人物，而非一己的先驗道德觀。錢先生以巴爾札克為例，說明他雖然出身平民，欽慕貴族，政治立場保皇，但在巴爾札克的作品中，他更多的以「不可掩飾的讚賞」去描述其世界觀上的對立面，由此在文學細節上成全了前進而非反動的那一方。著名的托爾斯泰在其代表作《安娜‧卡列尼娜》亦如此，儘管托爾斯泰的婚姻與道德觀保守，但一旦進入文學深層的世界中，托翁的真誠與感情，讓他選擇突顯的是安娜勇於追求主體更新的權力與生命力，讓他相對完整地反映一個真實的社會與集體對一個真誠女性的壓迫，而不是以某種已存在的固定道德觀（儘管可能

有另一種理想與道理）為前提去書寫與表現人物，這種文藝的具體與形象性才能真正打動與說服讀者。而這樣尊重並相信具體與新生的作家與批評家，才有可能走向文學與世界觀的進步與高峰。

當然，在民粹當道的歷史過渡階段，前衛者往往被誤解為保守，錢先生終究被他的歷史與時代耽誤，甚至絕對可以說受了極深刻的傷害。但先生更多地選擇以明朗、純真示人，並且始終對人懷抱著樂觀與信心，以中國大陸昔日歷史的殘酷，這實在絕非易事。誠如王曉明在〈嚴酷時代裡的證詞〉談錢先生時的說法：「你和錢先生接觸愈久，就越會從他的溫厚和謙和背後，感受到熱烈的愛憎之心，與他對散淡超脫的嚮往同時，還分明湧動著對邪惡的強烈的反感，對庸俗的毫不掩飾的輕蔑。我有時確實暗暗感慨，他經歷了那麼長期的嚴酷的生活，卻還能保持這樣一份正常的性情，實在太不容易了。」多年後，我曾受教於曉明先生，聽他談起過不只一次對自身深受文革殘暴的自省，努力保持「正常」人格的嚮往，並承擔予人信心的責任，其格調與沉鬱的精神，相對於長年我在「民主」與「自由」的條件下，見識到的各種「菁英」與知識分子的犬儒與虛無，能不令我們更為感慨嗎？

錢先生寬厚的歷史證明，對待日後知名的女作家戴厚英亦為一例。戴厚英在文革中曾大力批判過錢先生，但或許基於性格及人格上的限制與弱點，即使在改革開放後，她從來沒有正式跟錢先生道過歉，文革後去看先生，談的多也是自己的委屈，但錢先生卻說：「我倒頗欣賞她的這種態度。她能夠跑來看我，就表明她心裡還是有我這個老師的」（可參見錢先生〈關於戴厚英〉）。多年後，錢先生甚至為她晉升副教授寫評審，不念舊惡為其辯護，還她一個中國傳統農村姑娘的本色。而後戴厚英在因果下被人殺害，錢先生感嘆：「真是不幸的戴厚英！不幸的中國這一代！」

我至今仍然慶幸選擇了在臺灣最冷門的中國現當代文學作為

一生的工作，而且一路選評的材料均出於自由意志。那些在近百年歷史大轉型間，被粗暴誤解為「右」派的左翼理想主義者，一生承擔了不該承擔的巨大代價與命運，總是引起我少有的敬意，並激發我在治學和靈性／精神發展上的關鍵動力，錢先生是其中之一，在我心目中，這才是真正意義上的知識分子與大學教授。
(2017 年)

第三輯 絮語

舒暢

陪小同學讀書會，小同學談起幾乎已被人遺忘的外省第一代小說家舒暢，情報系統出身，早年與朱家及司馬中原等往來友好，但始終維持著一種距離。前期路線似乎以現代派為主，後期處理了「軍中樂園」題材，在今天看來甚至很有進步色彩了。

以前我也沒讀過舒暢，此次為陪讀吸收一些片段，實驚訝他在現代主義文學路線的高實驗性和內在豐富變化與更新的執著要求。他的現代派的作品意義時彰顯時自閉，但他也只剩下繼續書寫吧。

舒暢一生從未如他的文友般走紅與上昇，如此勤奮的書寫或許只是給自己一個交待。而他來臺後始終沒再婚，孤寡一生，身後據說還是天心天文幫忙收拾，畢竟叫過一聲叔叔伯伯的。但舒暢或許仍會疏離你的靠近，晚年寧願與無任何淵源的小看護付費式的相濡以沫，還不了情，至少不欠，何況之於小護士，舒暢還能做有付出的一方。學生說舒暢的作品看似在處理底層的弱勢者與畸零人，實則他筆下的人物是很有力的，弱即使是事實，也不常用來討拍。（2017 年 7 月 22 日）

未完成的建設

林謙勇／林哲謙的第一部紀錄長片《建設未完成》，是他在 2012 至 2017 年間完整跟拍淡水子弟／文化人，同時也是綠黨參選人王鐘銘的片子。由於紀錄片起源於他參與淡江大學田野調查研究室的期間，因此片子的發行、監製亦掛的是田野調查研究室和周彥文先生。

作為一部紀錄片，片名取為「建設未完成」，但實際的重點

並不在客觀物質與淡水城鄉轉型下的建設與發展，而是作為建設者的主體——像鐘銘這樣至今已年近「不惑」，中文系出身，多年來懷抱著一種高度的無政府主義或自由主義式的理想，卻不斷投身與衝撞中產階級社會現實與發展主義體制的矛盾與困境。而他公開的同志身分，高度講究個人式的真誠、充滿詩意與自我的浪漫主義人格，我們也都不會陌生，因此儘管之前已看過一、二次初剪的毛片，正式凝視著光點華山的大螢幕時，還是被鐘銘日夜出入淡水的各個小地方，舉著反開發的牌子，明明知道幾乎毫無勝算，同時明白自己是較為文人化的人格（後來鐘銘在醫院，我和田調小同學去看他，他還高高興興地跟我們聊起好多賈寶玉，《紅樓夢》你是看了7次？）卻還是做了那麼多年在世俗意義上看似徒勞的公共實踐，而感到由衷的敬意。而當選舉落敗、愛人與戰友們紛紛求去，散場後，很難想像他後來的日子怎麼過？當然，坦白說，片子中有太多的主人公的自我分析與反省，從更嚴格的知識譜系上來說，其內在由於太過感性，對公共和自我的判斷上存在明顯的悖論，主人公最終仍選擇回到一種可能中產階級的再追求，並不令人意外，卻也覺得可惜。片子放映時，鐘銘就坐我前方，我拿了《淡淡》第四期給他，沒敢跟他多說一句，片子放映後，鐘銘又彷彿像一個普通人，融入並不多的觀眾間像朋友一樣跟人閒聊。我遠遠地看著他的側影，想起他現在又重新回到文化圈，做著據說也很喜歡的編輯工作，但仍覺得失落了什麼——像這樣一個有著極高能動性、爆發力與一定文化與社會綜合知識及關懷的中年人，我們的社會卻只能這樣運用他？當然，更不用說我那些多年來也相當優秀的中文系畢業生的「出路」了，南下的「夜行貨車」，並非人人都有大甲男孩的機運。2015年我在澳門大學開會，報告新世紀以來臺灣文學中的被侮辱與被損害者，有一個前輩善意地評述說，他好像和我活在完全不同的世界，

我很羨慕他感受到的臺灣希望與人情，我十分希望自己的悲觀與直覺是我的淺薄與錯誤。（2017 年 7 月 11 日）

方淑田

　　方淑田是閩臺班的陸生之一，剛開始似乎是需要有實習成績，她選擇加入田調。下學期初她曾來找我長談，重點在她所感知到的田調研究室的價值觀、做事方式和她平日工作與生活方式的差異過大，我立即「鼓勵」她隨時可退，沒想到長談完後，她選擇留下，後續完全調整了她的參與及自我更新的方式，並且勇於承擔《渠水溯源》紀錄片的相關工作，以及幾乎所有的沒日沒夜的剪片與製片任務。

　　方淑田讓我印象深刻，不只是因為陸生比較用功積極的先驗印象，而是她有一種高度的自覺與自我反省的意願，同時落實在她的行動裡貫徹。長談中她充分自白在大陸長期的競爭與愈漸世俗化的教育方式下，她很難不受到較功利與目的式的教養影響——凡事跟自我規劃看似無關的糾結，凡事跟個人「成功」較無涉的體驗，又要花出如此多的時間與團隊一同工作，面對高品質的任務高壓與人際矛盾，她該怎麼辦？

　　烏孫大人曾開玩笑說，我帶學生的方式像斯巴達教育，有一部分屬實，因為我確實期望在如此「軟」的世代，更年輕的小同學們能有一點搏鬥的意志，但在具體作為上，活在據說有「自由」與「選擇」我臺新世紀的文化下，我每每鼓勵學生退，遠遠比期許再前進更多。因為也是事實之一是，不知道從什麼時候開始，提出並給予年輕學生一些不同的意見，就快速被坐實到強勢與要求遵從，「前輩」在世代矛盾下，也快速被簡化甚至對立與二元地理解，而年輕孩子們應該自我更新的知識、情感與意志的責任，

就這樣輕易的自我感覺良好地擱置。文青們似乎認為，與生俱來就應該與值得一路被保護與善待，一受傷便隨即「選擇」邊緣與異端化，厭世與孤絕的「自我」，成為現今流行且正確的路線，其「聰明」，還不太能容得另一種「自由」的辯證。方淑田不是這樣。她說她介在兩種完全不同的價值觀的矛盾間，相當痛苦。我說那就做妳自己，因為田調期望的高體驗性、介入性與不斷動態更新，如果妳覺得太辛苦，就回去做妳自己，如果妳確實真的知道自己究竟是什麼。方淑田離臺前在她的微信上說，她後來完全調整了她的「任務式的作業方式，去享受在田調的每一份熬夜和每一份工作」，她在離臺前的靈魂的自我更新與美麗的程度，跟一年前幾乎是不同的人了。2017 年 6 月 22 日下午，我在文館三樓還看見她一個人在落葉裡發呆，她說文情我明天就要回去了，我說是的，她的手心整個都是濕的。（2017 年 6 月 25 日）

還是前輩：么老師

　　么書儀老師是洪子誠先生的夫人，但從一開始，她就說我是么老師，我們知道那意思，她不是誰的「師母」。洪先生給人介紹時，也說這是你們么老師。不認識么老師的，Google 或百度一下，老派北京人的教養與講究。我印象最深刻的是，應該是 2015年某一日，她一個人跑來淡江找我，我們只約了某日，以為時間會再約，但沒有，她沒帶手機，從沒有來過淡江，不屬於現代性的時間觀與秩序感，或許靠著昔日「改造」過的生命力，一步一步坐車、到處問人，最後抵達淡江，還問到我系的曾昱夫老師，終於爬上無電梯的文館七樓我狹窄的研究室，敲門開門，我們倆抱在一起已然笑翻，我時常忘記她那時也快七十歲了。有幾年間，我們通過一陣子的長信。她寫信和她為人一樣嚴謹認真，只陳述

事實極少感慨，偶爾麻煩我幫些小忙，她會說：「知道無論跟妳批評了什麼，妳還是原來的敬意。」2017 年 4 月初我到北京開會，厚臉皮去洪家么家搭伙，過著早上起來有現打果汁、豆沙包和煎蛋的小姐生活（這種事我這輩子絕不再做）。離去前她堅持要我拿喜歡的黑木耳回臺灣，洪老師則是把多了一本的帕慕克的《純真博物館》及相關的書留給我。我偶爾在微信上給兩老發好笑的貼圖，她總是秒回更好笑的給我。（2017 年 6 月 22 日）

聽與說 II

彎彎師母說：「我這真的是妻以夫貴了。」我這一生如果能活到師母的年紀，若也能接收到一位有格調與水平的人類以仍充滿敬意與愛意的眼光凝視我，我會相信此生做對過一些事情。（2017 年 6 月 17 日）

聽與說 I

淡水綿雨不斷。細雨中從一早的田調新生說明會跑步去 B302A 彥文榮退會場。彥文說：「我從來沒參加過那麼混亂的研討會。……」小普大人說：「我是在場唯一被他當掉的人，不過 20 年後，我接收了他的研究室。漫長的復仇莫過於此。……」投影片上的文案的小普則另說：「詮釋您，也詮釋自己。相信良善，相信真誠。」我認識彥文先生之前，大概也不完全相信這樣的話。（2017 年 6 月 17 日）

人間失格

　　「文學概論」教學現場。每學期都會遇到小同學們以太宰治的《人間失格》作報告，「人間失格」以主體的高度的自我忠誠，將個體在集體與社會間的難以調適、焦慮、困惑、不安、憂鬱、躁鬱與暴烈的層次豐富體現，同時對自身至少還擁有花美男的俊美的外貌與社會資本，亦深感不潔與不堪，無論他／她人對此種主體或好與壞，或溫柔或仁慈或再殘暴，都無能亦無法救贖這樣的主體，關鍵點在於，主體或許根本不願意被救贖。祕密不複雜，被救贖意謂著主體或許仍然是個弱者，而「人間失格」者真正想做的是現代尼采式的強人。悖論在於，當我們將「社會化」先行括號，作為抵抗、不屑與不潔的對象，究竟「社會化」意謂著什麼？內涵是什麼？歷史是什麼？例如主體曾被動式參與左翼，又快速地看穿其荒謬，但主體究竟理解的「左翼」是什麼？或者說，主體對所謂的「自由」，又付出過什麼超越個人之外的努力與代價？我想對小同學說，我目前也沒想清楚。

　　荒謬、憂鬱、耍廢、自殘甚至自毀，從現代文學／藝術上來說，從二十世紀以降的世界文學來看，並非新意，我亦敬佩他的自我／主體忠誠和傲驕，然後呢？

　　用小同學們亦欣賞的張愛玲在〈傾城之戀〉的話，白流蘇說：「我這一輩子早完了。」徐太太回：「這句話，只有有錢的人不愁吃不愁穿才有資格說。沒錢的人，要完也完不了。……你就是剃了頭髮當姑子去，化個緣罷，也還是塵緣，離不了人！」

　　小同學說老人的想法和我們不同。嗯，我可能確實開始進入衰老新階段。（2017 年 5 月 26 日）

扭蛋的日常

　　理解物會比理解人心要來得容易與輕嗎？這學期請大一小同學們以「未必喪志的玩物」為小報告，小同學過分認真，標準三千字，交上來一整本者甚多。有攝影的、有植物的、美食的、實驗啤酒與咖啡的、有遊走臺北空間與記憶的、cosplay的、追逐偶像的……。寫扭蛋者倒是擴充了我的一些感性，我還不知道原來扭蛋中能裝進那麼多小玩意，還有系列，而且投一顆要價近一個臺式鐵路便當，你／妳還無法預知與掌握菜色！喜歡扭蛋的主人公會是怎麼樣的文化主體？甚能接受及容忍隨機與偶然性的日常？或以隨機與偶然性來妝點無法對抗的大秩序？

　　想想我這輩子從來沒投過一顆扭蛋，只投過看得清楚的抓娃娃機（而且還從來沒抓到過）。受小同學啟發，決定從明天開始我也要來去投扭蛋（哪位小同學告訴我淡水哪邊有？！！），最好給我分解出一隻未名的怪獸，然後蛋殼還可用來彩繪國畫或油畫，為什麼我以前從來沒有想到過呢？（2017年5月19日）

五四三

　　深夜繼續備卡夫卡《城堡》。去年陪小同學讀書會時選讀過一次，印象裡，小同學們對此書的進入狀況，實比選讀帕斯捷爾納克的《日瓦戈醫生》好，眼神清亮了然於心式的。《城堡》的概括不複雜，小說開篇時一個土地測量員想要進入「城堡」，小說結束時他仍然還「在路上」，收尾在一個裁縫店的老闆娘質疑他是做什麼的，土地測量員回說：「你不僅僅像你說的那樣僅僅是老闆娘……」，接著兩人無謂地延伸著衣服、料子、身材、裝飾……。卡繆在《西西弗的神話》對卡夫卡的理解是：「重要的

不是活得最好，而是活得最多。因為很難說怎樣是活得最好，而所謂『多』即豐富性則成了衡量生活的一種可行性標準。但衡量卡夫卡這種生活的準則，卻不是在現實中經歷的多少，而是這種生活的想像性以及可能性的維度。」英國詩人奧登則認為：「卡夫卡對我們至關重要，因為他的困境就是現代人的困境。」什麼困境？第一次世界大戰後的集體創傷經驗所導致的不斷擱置意義？兩人毫無交集卻又能不斷派生出對話與細節……。卡夫卡大概是將鬼打牆陌生化。或許期末考就請大家來創作一段我臺式的鬼打牆，分數應該會很高。（2017年5月8日）

部分的「文學」

學生 FB 刷文，說 TKU 圖書館中的「房思琪」，預約人數已經近 50 人，「若一個人都借滿一個月，可能要四年才會輪完」，妹妹說她排在第四。我請妹妹可逕來找我拿書。

《房》書中的「文學」觀，及主人公們運用「文學」的「技術」其實相當單純──「老師」／男人長以各種「文學」與美學作用，或低調或粗暴地誘惑少女，而才智超群但幾乎沒有左翼文學觀的「純真博物館」式的美麗「少女」，亦深陷對「文學」、「身體」／性的有限認識的自虐與自毀的世界，枯燥的我臺升學主義，及菁英體制靜態與「乾淨」的教育觀，亦強化了這種「少女」主體的必然矛盾與困境。這確實不是「抒情傳統」能解釋與救贖的。

現代文學以扭曲、幻化的方式，突顯主體在資本主義與教育商品大潮的異化，自有其歷史和前衛性，於此亦確實可看出作者在題材與一定程度心理書寫上的早慧。同時，從最主觀的閱讀感覺來說，我認為作者將新世紀以來，「文青」深陷「文學」與虛構世界的病態，寫得甚有感染力，作品中到處充滿著或隱或顯的

貞節的價值觀、不潔的焦慮感、恆定的「愛」的理解⋯⋯，又令人感嘆「少女」們「文學」觀的斷裂與限制。

如果，我們妹妹先讀到的不是「蘿莉塔」式的「典律」，而靠近的是《一位女士的畫像》、《嘉莉妹妹》甚或多一點的早期李昂及後期張愛玲（更不用說丁玲或後期蕭紅），是否能中和一些其「文學」式的我執？

即使作為一個相信「文學」的文藝工作者、一個基層的大一文學導師，我深深為文學僅僅被理解成「文學」而覺得悲傷。（2017 年 4 月 30 日）

良人勿入

忙碌一週，深夜裡瀏覽完刷版的「房思琪」敘述。12 年前我剛讀博士時，老師有次讓我們學習點評契訶夫的《帶小狗的女人》，並不令人意外的，當時很少有同學讀懂（或許有學弟妹那時就完全讀懂，如果是，失敬）。一篇萬餘字的中篇，我也花了將近二、三天一行一行讀，一行一行揣摩，最後似乎頓悟了什麼，但當年我也選擇不說。

《帶小狗的女人》是一篇講婚外戀的作品嗎？那是它最淺的層次。契訶夫要質問的當然包括：有意義與愛意的生活與世俗的生活，不是同一回事。生命與生活的分裂與斷裂是現代性的必然處境。更細膩與關鍵的是，人性中無法以道德、善惡、對錯來概括的諸多靈魂祕密——這些東西對已然大幅被世俗磨損的成人一點都不重要，他們「聰明」且深懂得自保，對情感的用力與收手均運作得乾淨正義，假戲入真或俗逆轉純者雖然並非沒有，但客觀事實之一是——有些人，確實就是淺與壞。但妹妹們有權明白，妳的善念和感情可以隨時收回，因為妳比他們更堅強美麗。人，

不會因為他是長恨歌精采的詮釋者，妳就不能對他以怨報怨，論孟與四書五經、抒情傳統雖然很有價值，但也是人類眾多有價值思想的其中一個部分。魯迅遺言之一：「損著別人的牙眼，卻反對報復，主張寬容的人，萬勿與之接近。」不要害怕。（2017 年 4 月 28 日）

博愛

備課。重讀《悲慘世界》。多年前的音樂劇電影，是我們唯一一起看過的片子，也是我多年來極難得再進百貨影城的一次。作品對自由、平等、博愛與革命的爭取與理解，從 20 世紀甚至以今日的複雜心機，大抵也覺得過於簡化了。你在黑暗裡恆溫地呼吸，看畢，沉默了很長的時間才評述畢竟是經典云云，我立即質疑當中的人性簡化與線性的救贖觀，你嚴肅地回應：愛就是不懷疑，簡單在此作是有效且有價值的。多年後，我重看了奇士勞斯基的《紅》，頓悟那種順勢承受傷害卻能予以翻轉的非世俗天機，當然更多的，還是你向我證明了世界觀、信念是有可能的，但時與勢難移。我實在應該付你學費的，謝謝你那麼深地愛過與開悟我。（2017 年 3 月 26 日）

恩及其它

江湖水深，有恩報恩。我博士畢業的那幾年，早已是臺灣難以找到教職與學院機會的階段（更不用說研究的是極為冷門且「不正確」的視野），很偶然的，那時候在一個機緣下，申請到掛在某前輩名下的博士後，我不但不曾跟該前輩打過任何電話，多年來甚至不曾單獨吃過一次飯，最後，也由於其它機緣而沒有上任，

前輩從不曾直接或間接傳話批評過我半句。中午，意外地接到該前輩的電話，開車下捷運站接人，聽了小半場的研討會，談了談他最近在做的事、寫的文章、準備出版的書與仍然令人無法不保持敬意的第三世界國際主義視野的計畫與實踐。然而，當他不時地拿起手機，拍攝這片那片淡水的天空，不斷地詢問我能否看見裡面的眼睛、焦慮地問我那些眼睛的意義時？我忽然意識到時光的流逝，忽然覺得暫時講不出任何一句話。（2017 年 3 月 11 日）

維修一種

　　週末返家，頂樓就開始漏水，請來鄰居水電師傅登高，我只能拿個小椅子坐在旁邊瀏覽史景遷論張岱，無任何實際功能。傍晚回了淡水與學生談話，那些或實際或靈魂的困境，大多時間亦只能點頭聆聽。年輕的時候，讀一本書就動情一種，聽先生們說安慰，是願陪著大哭的大哭，能隱忍者亦將心奉陪，以眼淚控制他者的欲望都不願有。及長，明白文人名士聰明者太多，一邊是至情只可酬知己，一邊人家只當美學趣味一種，漂亮乾淨仿若無人間煙火。如今，我一向只對學生說，完成 abcde 五件事，調整 xyz 三種作為，我們再繼續討論下一個階段的工作。（2017 年 3 月 6 日）

日本印象補記（六）：申冤在我，我必報應

　　長崎和平公園是昔日原子彈核爆的中心，現坐落著許多後來世界他國送來的雕像，母懷抱子，母舉起子，還有著男女齒唇相依，頂上兼容異獸眾鳥之石。而最巨大的雕像，是日本北村西望的作品，一個壯碩雄渾的男人，獨坐，據說上指著天提醒著原爆的恐怖，手平伸著象徵世界和平。男男女女，旅人過客，遠遠地在距離之外與它合影。男神仍應該是核心的記憶使者或媒介嗎？我不願意繼續再想下去。（2017 年 2 月 20 日）

日本印象補記（五）：非線性時間

　　在長崎的夜晚失眠，半夢半醒地斷續聽到窗外的雨聲，在團員群組的 LINE 發了一條「雨聲」，純粹的女工慣性，想提醒是不是大家白天該備上傘或雨具？古典小同學隨即引用蘇曼殊詩，秒回：「春雨已在樓頭，獨欠尺八簫韻。」回臺後查讀原詩，核心部分大抵是：「春雨樓頭尺八簫，何時歸看浙江潮？芒鞋破缽無人問，踏過櫻花第幾橋？」人生能不只是活在當下，是事實也是密契。（2017 年 2 月 20 日）

日本印象補記（四）：貓做貓的，你做你的

　　在長崎的一條商店街上，有家名為馬場的骨董店，骨董店前邊與左右，有著或躺或坐或睡或瞪人或生氣或淡定的許多貓。做領導的男人們，或有機會將來成為領導的男人們都去看了骨董，在集合時間到達前寸步不移。領導們遊說我可買一個特殊木製的火盆，火盆內放一種特製的（名字忘了，失敬）碳，冬日裡燃燒

升溫之際，還可用來溫酒與烤魚。我想著的則是，前陣子行車超速，被開罰重金不得不放棄收購的哈代與狄更斯小說全集，不買火盆。把話告訴了路邊的貓，但似乎它們也不太想理我。（2017年2月19日）

日本印象補記（三）：騎樓避雪

人在福岡，第一次遇見雪。在此之前，我對雪的最深印象或想像，來自川端康成的《雪國》，在一片冰冷與白茫茫的世界裡，唯有藝妓駒子無自覺與徒勞的熱烈，才成全了雪國裡如舞臺般的白。深夜，在狹窄的旅店裡一邊修訂學生的科技部案，一邊再次重讀《雪國》，這一回我終於明白為何更年輕時，我也難以被蘇東坡式的「飛鴻雪泥」觸動，人生最終自是一片皆空，但選文與修編者你是否也懂得非虛空的一切意義？或許，體現或預言了某種民族或世代的世界觀？

走在福岡街上，雪一度下大了，年輕小同學們在一個十字路口，根據 Google 地圖指引出的郵局，執意要向前買明信片，是寄給未來的自己？還是給那仍願意惦記的他／她者？涼下我等中年婦女於騎樓，不遠地凝視的，是我的中學教育所曾錯過的青春。（2017年2月18日）

日本印象補記（二）：再見蝴蝶夫人

歲月增長的偶然性嗎？到了長崎我竟然見到「蝴蝶夫人」的原作者的故居。少年時，我對此部歌劇印象深刻，那時當然並非被故事打動，純粹只是震動於那種哀絕的聲音、轉折，以及見血下手也不悔的徹底。其實，對方是誰？路人而已，哪裡值得妳如

此回報？中年後，明白這故事不完全關乎情與義，更多的在於不同文明體系間，世俗現代性與傳統價值觀的交會與矛盾。站在臨摹夫人與孩子的雕像前，看著妳指手望向不遠前的港口與大船，原來夫人還在這裡？長崎的冬天冷嗎？再過一會兒，妳的恐懼就會隨著黑暗而結束的。沒有什麼好怕的。不怕。（2017 年 2 月 18 日）

日本印象補記（一）：至陶無聲

行至日本佐賀縣「有田燒」，觀看數家上層窯場（今右衛門窯、柿石衛門窯、源右衛門窯等），說是「上層」，不只是經濟意義上，也指的是它們對該藝術典律、文化與歷史價值的因襲與堅持，是以均以「世代」（如第 14 代、第 15 代等）自稱。前輩導覽時表示，並非每個世代的繼承人，都能在一生中，繼承、轉化與推進這種家傳的藝術，但如果遇到不行的一代，他們仍需給予扶持，以等待、守侯或累積下下一新世代的高峰可能。這種藝術的歷史觀並非僅只／止於當下或現在，而是將主體視為人類歷史長河或該藝術譜系中的一環，因此能相對保存與堅持古典的精華，低調、保守、含蓄、溫潤、精工之美自不待言了。「有田燒」因此並不以觀光與普羅為目的，它們活在半祕密的菁英與藝術世界裡。是以大師傅的孤獨是應該的，無言無聲也是應該的，但若是才能只夠作歷史中間物，仍願擱淺以候來者，恐怕已不只是美學式的意義了。（2017 年 2 月 17 日）

香草

　　陪小同學訪問香草田園，冬季及淡水山區的清冷，正適合它們生長。「香草街屋」的蔡以倫先生隨性地說，這土從沒翻過，颱風過後整理再長就是，一邊指著或拔下各式洋甘菊、香茅、薰衣草、紫蘇、迷迭香、檸檬香蜂草等等給我們試嚐，一邊拍著腳下的野草補充：「野草最好不要連根拔起，因為每株都攜帶一些泥土，拔光了土壤也薄了。」

　　我對香草很有好感，源於文青時代看的日劇《美人》，故事在說一個喪妻的整型科醫生，他的妻子在一場和男情人的密會中身亡。自認深愛妻子的醫生，遂在一種偶然性中，將自己的一個「病患」整型成昔日妻子的模樣，那是一個長期深受家暴的「病患」，這個一向以平靜和諧的香草茶開啟一天的醫生，最終為了保護這個「病患」開槍殺人，也因為無法承受善意之惡（儘管為了愛）而精神全面崩潰。我至今仍然對一些偶像劇不無敬意，大概也來自對《美人》的印象。它終究處理到個別具體之愛與普遍道德的兩難，崩潰在此是最高的肯定與溫柔。再度把手心放在香草上，我仍然瞬間聯想起他。（2017 年 1 月 18 日）

《淡淡》靈魂一種

　　我認識陳彥詮不很久，有回他來研究室和我聊到凌晨二、三點，關鍵字可能為土地、進步、紀錄片、主體、介入之類的，也談了某篇計畫一千二百字的專訪稿初稿，他作出的材料和訪問準備，大概超過預定字數的十倍。有回也是三更半夜，他和其它田調的小同學們，在文館四樓鋸木頭，過幾日文館穿堂就出現專業級的布展。也有回，他穿著一黑一白的襪子在田調室內行走。一

次，我當司機載大家去金山參加編輯營，回程路過淺水灣與白沙灣，他跟我解釋為什麼白沙灣的沙可能是白色的，據說跟風有關，然後說起建築的減法與美學。陳彥詮臉上的表情總是很妙，我還沒想到適合的形容詞彙，目前的印象是，大抵介於嚴肅與無奈間。他說沒想活過40歲，我說我年輕的時候亦如此。他大多叫我老師，有次也喚我文倩。（2017年1月3日）

零度的隱喻

　　數日前的旅行中途，讀完毛姆《木麻黃樹》，整本作品大致在處理英國殖民東南亞時期下的母國人民的精神裂變。寫自視有精神與紳士文明的上層人士，在「本土」與「在地」化後，或由於殖民地生活的孤獨、或由於失去了自身的精神傳統，男人酗酒、尋找身體寄託，女性虛榮、妒恨、殺人，展現平日愈是看似溫和高雅的殖民者，完全異化與裂變的一面。毛姆對女性的理解，尤為客觀殘忍，長篇代表作《刀鋒》寫伊莉莎白，自以為為了「愛」，設局陷害一個她認為不道德與瞧不起的妓女，細節飽滿還原到有如親見，依莉莎白最後仍漂亮雍容地成功退場，紳士男人們也繼續他們的孤獨自賞與精神追求。然後呢？

　　中年婦女了，我開始認同毛姆對自己僅是「二流中的優秀小說家」的自知。代不過數人，人不過數篇，毛姆的作品，我目前仍只推薦《月亮與六便士》。（2016年12月24日）

吉野櫻的沉睡

人們說上個月中，天元宮最大棵的吉野櫻病故了，服藥後我開車去看。穿著黃色祭壇裝的宮方人員，指著一大塊布滿石頭的凹地說：「她在這裡」，只剩一段不厚的斷骨了。全盛時期我陪你走過這裡嗎？生命裡偶爾的浪費時光，沿著階梯向上直面祭壇而不入，或許是 5 度的冷天清晨，光線初亮，小女孩將手放入小男孩的口袋，男孩淡定的繼續照相，起風時，山櫻紛紛飄落，他們在那兒待了多久？後來感冒了嗎？（2016 年 12 月 4 日）

西線無戰事

午後，參加一場跨系的某日記史討論會。還記得你以前也寫日記的，深夜裡偷偷地寫，一筆一劃慢慢地寫，然後鎖在木箱的最底層，那是一種軍旅專用的大木箱，有鎖頭的那一面還印上了某個編號，那些紙本與記憶，後來都到哪兒去了呢？會議裡，某個老師延伸到夢，我好像都不會做什麼被人啟示或靈光的夢，他們說作那樣的夢，醒來後就能解決某個論文的問題。真奇怪，大概我從來不相信問題能被解決，也幾乎很少夢到你，作為父輩，您沉默隱忍，那是一種我很難跟現在的學生解釋的，經歷過戰爭，黑洞，極端孤絕與一無所有後放手的寬容與嚴厲。但你還在的時候，好小我就讀過雷馬克了，《西線無戰事》開篇說：「他們雖然躲過了砲彈，卻被這場戰爭所毀滅。」這個世界以各種奇特的神祕，讓我們重新相遇。我一定不會開口問你好不好。（2017 年 11 月 18 日）

回憶二種

　　淡水，雨天，終於上完一週的課，暫無力氣，外出到剪髮店給年輕小同學洗頭髮，一會兒把水濺到眼睛上，一會兒毛巾捲上頭髮也可以脫落，抬頭看小男生一臉驚恐，準備說的話遂再度決定沉默。想到王朔《動物兇猛》——年輕的小男孩為姐姐洗頭髮，老舊的熱水壺的水兌了涼水，從姐姐白淨美麗的脖子上平穩地澆下去，小男孩終於有一種不拙劣地討好姐姐的力度。我也記得以前，你幫我吹頭髮，有時候我連用毛巾擦乾頭髮的力氣都沒有，你會選用中度的微溫，一點一點把過濕的髮根吹散，在我快睡著間喃喃自語地說：「這是一個幫落水狗吹乾的概念。……」雨天令人軟弱。（2016 年 10 月 29 日）

例外

　　持續降雨的夜，終於被母親大人傳話，提早回家。疲累，破例傳訊息請妹妹開車來接，成了 40 年來第一次被妹妹接的姐姐，一見人，還是虧她，這麼空曠的周邊，妳竟然也能違停紅線？她遂開始交待其實從未在夜裡獨自開車出門，雨夜更不曾云云……。像我們這種姐妹，一年裡除非逢年過節，大概也只有偶然性的例外有機緣見面好好說話。在我的印象裡，似乎永遠留下的，仍是童年總是跟在我身後，連上個二樓都怕有鬼的妹妹。當然妹妹早已是不可同日而語者，為母則強的可與之言。晚近一例是，妹妹協助先生處理一則被迫牽連的車禍案，有兩年，陪著先生一起成了被告，中間僅曾打過一次電話到淡水給我——詢問我是否應該向並非全無惡意的對方再釋出善意：「我知道對方電話，能否打去懇求她放過我們？姐姐？這事情真的跟我們無關，是公司的責

任。……」聽完精細的事實、因果與人事關係，我建議她還是法院見，不嚴重，不複雜，實事求是，就當訓練妳的耐心和毅力。妹妹再說：「姐姐，人真的會這樣壞嗎？」我不能再回應下去。（2016 年 10 月 9 日）

桃花源？

「暑假」裡第一天「正式」休假看戲，片子是學生許久前的邀請，本來覺得太累該繼續宅著，但想到可同時討論微電影企劃、改稿和剪片，兼談半年前沒討論完的電影形式主義美學個案，中年文藝婦女做事的一點不浪漫的實用性格便決定再撐出門。但是，看 30 年紀念版首輪的《暗戀桃花源》，還是有點傷感，跟小同學少年說，大部分關鍵的形式環節都能找到比附與喻意──國共流離、情愛離散、今昔對比、悲喜同構、古往今來、後現代式的多元與平等更是處處到位，但不知道是不是確實開始初老，一切形式均可分析，反而令我覺得太過漂亮與聰明了，當然在暗光劇場裡，讓體貼的學生遞來面紙的片段也不是沒有，但與其說是遺憾那種年輕未完成的夢，不如說更是對被大時代牽動、一旦錯開便再也回不去的一點點卑微的同情了。謝謝小同學少年，讓我重溫短暫的追劇院的美學時光。（2016 年 8 月 6 日）

紅白藍

累了，休息，醒來，繼續組稿，人微言輕，被已讀不回，也不是從我等開始。意外中的準時稿倒很高興，還能先睹那些歷史的光影與碎片。至於討論寫什麼？人人心靈深處一片淨土、一些祕密，分寸之間，過了同學少年，不懂的還是不懂。怎麼說呢？

我說不然就寫寫「無感」，寫時光磨損後的那一面？如果問你，你一定不會同意。想起你要不會以冷然沉默凝視我，要不直接到底傾訴，有愛，沒有中間地帶的軟弱。也想起從來沒跟你討論過，我們年輕時歧出地看「紅白藍」的影史，那些即使令我們時代感錯位，生命陷入一片混沌後兌換到的敏感，用你的話，悟性。有些世界，在中文系之外，成全我們。（2016 年 8 月 5 日）

待讀驚天動地詩

7 月末，忙亂規劃與落實的工作坊告一段落，繼續進入下一個專案的細節整合。成日沒戴眼鏡進出文館，終於有時間走上前看清楚旗子上「文藝營」的大小字，想起我更年輕的時候，其實從來沒參加過任何一種文藝營，這或許也屬遺憾一種，但許多暑假我究竟在做什麼？有一年夏天，我養了很多蠶寶寶，成日裡忙碌地騎腳踏車到處出門摘桑葉，回家後仔細地洗乾淨，甚至用報紙包好存在冰箱，擔心牠們食物不夠。每天醒來的第一件事，就是去看寶寶們變化了多少，直到有一天再打開了寶盒，寶寶們全往上飛，小範圍內的空氣中飄滿灰白的蛹屑，真好，也真可惜，桑葉還剩好多，總不能自己炒來吃掉吧。（2016 年 7 月 30 日）

人生若只如初見

7 月過半，下週執行這學期的最後一場活動，工作落實大抵到位，其它的只能聽天命。難得返家 12 小時，實為靠近機場接人之地利，順便與母親外出晚餐，等她穿完絲襪套上跟鞋就花了一些時間，本來想說說天熱不就在家附近的餐廳拜託不用穿了，但她一邊捲襪子，一邊喃喃自語小腿有疤痕……。想起母親更年輕

的時候的許多樣子，日後我為了備課看侯孝賢《最好的時光》中段，舒琪穿著人工絲質白襯衫，穿梭在煙味與日式窗景前讀信與計分，背景放著 Rain and tears，我忽然頓悟了什麼。而今的母親多穿著 T-SHIRT 了，但她還有堅持套上一雙絲襪求美的力氣，我覺得很安慰。（2016 年 7 月 16 日）

淡水居

　　果然是中年，走了 3 小時的路，沒力氣再走回山上。遂上了眼前剛好路過的紅 28。沿著學府路轉鄧公路上山，左邊亮起一排高樓燈火，再往前，車行又仿若進入暗巷低谷。想起或許是 10 年前，第一次在香港開會，一個人盯著研究眾多的下山公車站牌，最後決定搭一種如小時候麵包車般的小巴，那時還是二元港幣就能抵達中環，在天星碼頭維多利亞港搭一次船的時代，車速比淡水的公車快得多，路邊既舊又新的資本主義酒吧在高速刷新下如魔似幻，與其說是一個人沒有恐懼的感覺，不如說是明白害怕也無助於再找到歸去的路，比起寫論文發表論文，更重要的是如何從陌生的 A 點到 B 點再到 C 點，當然如果身邊有人也好的，不太疲憊的時候，彼此也是對方的另一扇窗，與路上風景。（2016 年7 月 5 日）

民權西路站

　　週日午後，延遲表定的工作計畫，先讀林慧君學姐的新作《閱讀父親》（自印出版）。慧君是我博士班學姐，博士研究的是日據時期的在臺日本人及其作品，我一直知道她日文極好，但多年來互動甚少，拜圈子小，以前也約略聽說她和父輩及家族的故

事，但今天讀書後才終於明白，慧君姐姐的低調講究，與友人交看似有隔實則無隔的特質的起源。多年前，我第一次讀到她的散文〈父親教我的菜〉，寫到她父親日式的細膩與表達情感的分寸──菜煮太鹹時她父親會說：「夏天汗流得多，吃鹹一點剛好。」煮太淡她父親又說：「搭配其它菜來吃味道剛好可以平衡。」看似沒有修辭的意境，餘味飽滿。父親在時，他們多以日文交談，使用另一國的語言，卻能縮減彼此距離的幽微──因為敬意、因為尊重，也因為與世俗有隔，遂能成全情感的純度與彼此斟酌的心靈自由。「父後」，慧君以搭乘捷運、行過站臺回溯父親的記憶──某天某刻忽然棄守原來的習慣與秩序，決定在「民權西路」轉運站換車去見父親，在醫院，用同樣的日文問候，以平日的方式暖手，回應了彼此的等待，安寧告別也敬謝了宇宙生命裡的祕密與預言。（2016 年 6 月 26 日）

情之所鍾？

　　放著待改的三百份考卷，先去聆聽我系林偉淑同學的《金瓶梅》研究，論及潘金蓮如何調控姐妹淘龐春梅──壹周刊的情節，怕被密告，索性拖她下水，在這裡，若要說女女情誼，其「情」的具體內涵，惟不純兩造方能互保。相對男性傳統的義氣相挺，又能獲得禮／理法和道德品格的尊嚴，女性之無德與自甘輕賤，即便價值虛空，誰有資格批評？再殘忍的還有她們的自虐，如馬奎斯《百年孤寂》寫姐妹間的妒恨，把對方恨死了還願承擔一世愧疚，無益的善良與自我放逐未嘗不是自溺了。我以前顯然太過無知，來日爭取旁聽林同學課。（2016 年 6 月 16 日）

中暑

　　小學時中暑，是騎著腳踏車努力爬上坡的夏天，師長們說上坡努力爬一定過得去，但我就是快昏在上坡中段，母親非常不高興地來接；中學時中暑，是在烈日操場上體育課，若上的是室內國標舞，眼前就不會漆黑了；現在快接近的中暑，是在假日趕稿沒冷氣的研究室，一整天工作進度：二千字，幸好我長大了，可以想像自己是發達資本主義時代的企鵝，可以出門買冰塊解決問題。（2016 年 5 月 7 日）

新生

　　研討會瑣事待辦中場休息。人潮散去的傍晚後，在大學城試越南咖哩，和越南老闆娘說 HI，她說妳好久沒來了，收錢、轉過身做菜，一邊叮囑一個像老闆的中年醜腆男子為她買手作飲料（COCO 還是茶湯會？），男子消失幾分鐘後再出現，堆滿笑臉送上飲品，女人看了一眼直接說：「我不是說了要微糖的嗎？」男人一副分不清楚「少糖」和「微糖」的臉，委屈地不小心和我目光對看，我趕緊低下頭吃飯，女人壓著將起的怒顏大聲叫孩子：「作業收收，準備吃飯飯……。」遂也想起多年前，在西子灣作迷糊的博士後，常去路邊一家小店吃燙青菜和清燉小魚苦瓜湯，做菜備料者有一男人和五、六婦女，男人每每工作十餘分鐘，就信步到走廊機車前抽煙，女人們繼續下料上菜，餐畢我每每主動跟那些阿姨們說再見，和她們胡亂搭話今天的湯不苦或沾青菜的醬不太辣……，然後，快步從機車男老闆前散步回西子灣。（2016 年 4 月 17 日）

異域

　　被「微光」下達截稿令，一個月和我講不超過十句話的家妹卻傳訊息來告知「2016 雲南米干節」16 日開始，活動在桃園「忠貞新村」，或者說，我家附近，妹妹的重點在暗示我回家否？我明示否。「忠貞新村」是上個世紀 50 年代國民黨暫時安置撤退的泰緬孤軍的所在，他們曾從邊境流亡進入緬甸，在叢林打過游擊，在大政治間被遺忘，似乎他們也打算遺忘彼此，輾轉來臺或許也只是一種機緣。我比較常住家裡的時候，桌上時常就會出現各式「忠貞市場」內的滇緬料理，妹妹偶爾會用閃爍的眼光，說起「忠貞」早市的人們、物流與異域感覺，連小一的海澤宇都能清楚指點我──小雲滇的雲南米干好吃，上頭澆有紅蕃茄肉燥。後來我看見淡水河前的「水上人家」，據說以前住的也是滇緬移民──在拆遷前長期過著「借」水「借」電的生活，我問大人如果要寄信給他們怎麼寫地址？「臺灣臺北淡水河前高腳屋左邊右邊第 XX 間？」大人似乎抬頭，不等他批評我白目的眼光，我知道不該再繼續問下去。（2016 年 4 月 13 日）

遺忘

　　妳已經開始進入遺忘的階段。和您說 A，您回應 B，說起 B，您回應 C。白日裡我醒來時您已經出門，沒有方向、沒有特定目的，問妳去哪？就陷入無言的沉默。回去以前和父親曾住過的房子嗎？鋪滿細小方塊藍白磁磚、早已褪去的土耳其藍窗花的小院子發呆？院子圓圓的水井，已經鏽蝕久久流不出水了。深夜裡臨時起意回家找書，妳說我回來了，我說我回來了，問我有錢嗎？給我一千元好嗎？在外面讀書應該需要錢？我說夠，那我先回學校了。（2016 年 3 月 20 日）

真人

　　近午夜回松濤館，石階上、樹影間、路燈下，或站或坐著一對對小男小女，大門口似乎也亮閃，女孩兒到了近 12 點，頭髮竟然還能平整，臉上仍留有紅暈，空氣中甚至充滿甜甜地稍早就洗澡完的乾淨味道。男孩們努力勉強的延長說話時間，該說的仍在五四三之前，長大以後再回憶，定明白或後悔這一晚為何不傾訴？老中國人有話：舊社會把人變鬼，新社會把鬼變成人？我想起的倒是，不過前陣子，也是午夜時分歸返，一女孩兒長髮如貞子蓋住臉，捲在我常走的小路盡頭刷手機，我雖然一向只怕活人，還是有點生氣──氣這天太暗。是以亮晶晶的 3 月 14 日還是好！3 月 14 日，人人都成了暫時的真人。（2016 年 3 月 14 日）

以幻入實

　　蔡導、李康生來淡江，FB 刷滿放閃照，原來小青年們也都是看蔡導、康生長大的嗎？那些邊緣、底層般的幻境與視野，那些孤絕與非邏輯所能概括的恆長的命題。青春，我也有很長一段蝸居在暗室裡的時代，追舊帶子、電影節與小劇場，以為與現實有距離者似乎更高更真實，靈魂細細密密的接收各式細節與形式的暗示，拆解、組裝，有時候以為發現，更多時候一片混沌。有次高燒到四十度，仍繼續從白日看到深夜，無知覺高燒，後來在醫院躺了一週，仿若夢境。那是以為特別需要撫慰的階段嗎？及長，撫慰未必不需要了，但那問題、那雜亂、責任，無一能迴避。「拍拍」太多，邊際效用還得遞減。蔡導、康生還是永遠屬於青春的殘忍。我不知道他們會不會覺得也有點悲傷，至今，他們已成了以幻入實的成功者。（2016 年 3 月 9 日）

進入他人內心之必要？

　　巧合。最近似乎大家都在讀董成瑜？立場基本上是平視的，近人，通情達理，語言乾淨明確，每篇略保留一些不忍心點破的亮點，例如莫言房間內的百憂解，或每個再怎麼不敵時間的成人，身邊手上也要爭取與保留的一些貼身的純情，例如李安背的書包。但或許是開書前已經在 FB 上讀到數篇董小姐粉絲們的追嘆文，成瑜此書我以為寫得最佳的，反而是她的自序〈進入他人內心之必要〉，她說：「要把一個人寫好，要能達到愛上那人的程度，唯有『愛』他／她，才會一心一意都在那人身上，但這又絕對不是愛情，而是一種人類比較少用到的感情。」、「我們真正無情的時刻，是稿子一旦見刊，這種情感就迅速褪去，你幾乎看得到自己在向逐漸遠去的他／她揮手再見。」這話與其說是進入他者內心，不如說是進入自己的內心了。《華麗的告解》作為《壹週刊》人物書寫的集結，在一頓早餐或一杯咖啡間，你進得去、離得開、放得下。「進入他人內心之必要」是一種理想與期許吧。想起魯迅〈為了忘卻的紀念〉（1934）寫幾個青年作家之死，他說：「我很想借此算是竦身一搖，將悲哀擺脫，給自己輕鬆一下，照直說，就是我倒要將他們忘卻了。」董成瑜用心用情是世俗的守分守寸，情感能迅速褪去，其理亦在此。（2016 年 3 月 4 日）

元宵前夕

　　據說淡水重建街可提燈籠遊老街，低頭算著待寫的稿件字數，命運是不能退的，我還是神遊吧——小時候，父親給我買過一種裝電池的兔子燈籠，室內室外我總讓它亮著閃著，看著它燃燒、耗盡，簡直當小月燈用，直到不再亮起，後來，兔子究竟跑到哪兒去了呢？——甫開學，意外接了新任務，雖說至今已認清，人到「不惑」，文學藝術確實是我少數能容忍與適應的世界，但抬頭看見行程表和擬定的各式細節注意便利貼，忽然覺得該拜金再買回幾隻兔子燈籠吧，不過，那也只是令我有點動搖且嘲笑自我傷感的一瞬間的事。（2016 年 2 月 21 日）

少女

　　淡水大雨。據說明天開學。兩日來松濤館前私家車來來去去，父輩母者們一個個推著行李，另一個提著大尼龍袋，少女們無表情地下車，往前，太熟悉了遂也不用再客氣執手道謝告別。有個父親或許是第一次來，歸去之路陌生，少女們頭也不回地走自己的路，男人靦腆地用臺灣國語問我，我唯唯平常只能往右，這兩日往左亦可。父輩客氣地謝謝、謝謝。我也頭也不回地再往前。倒也想起，10 多年前，當我更年輕時，想到的更多的也只是自己，自己的孤獨、自己的委屈、自己的夢想、自己的精神，甚至，類似今日被發達資本主義所建構的並非全無意義的情人節。（2016年 2 月 14 日）

細膩革命

　　我喚張煉紅為姐姐，她其實是上海社科院的研究員，多年前我們在上海認識，她總是跟毛尖併坐一起，在餐會上被毛尖鬧著也總是優雅含蓄地微笑。女生行走江湖該喝的酒我從沒少喝，話還不敢講錯一句，都是一兩年才見一次的前輩師友們。只見她總是抬頭盯著妳，再不就用眼神提示著妳身邊或左或右的其它前輩，這個給妳倒熱水，那個為妳遞紙巾，最後總是對諸男性略帶嚴格地下達：「不要讓她再喝了」的指示……。她那麼激進，行文卻淡然文雅。每當我看到比我更年輕的、據說愛好文學的學生或朋友，在 FB 或日常話語裡，簡單地調笑彼岸的這點那點這人外人，我瞬間想到的常常是：有些很細膩的世界和論述曾經發生，有些歷史跟我們常識所想像的完全不同。錯過了雖然不能說是遺憾，但或許仍有那麼些可惜，至少，在年輕的時候。（2016 年 1 月 21 日）

情非得已

　　備蕭紅，跟看《黃金時代》（2014），導演大概不理解「五四」與那個時代的左翼情懷。蕭紅的生命彈性與性格的強悍度，或許不若丁玲與張愛玲，思想與哲理深度，亦不若彼時男性作家，但要說她在顛沛流離、身弱多憂、所託非人下主情恃才，並以亂世為個人舞臺，她恐怕絕無此志願，情非得已罷了。更何況，魯迅早說過：「有我所不樂意的在天堂裡，我不願去；有我所不樂意的在地獄裡，我不願去；有我所不樂意的在你們將來的黃金世界裡，我不願去。……」（〈影的告別〉）。（2015 年 12 月 7 日）

重新認識中國

　　擱置待寫的稿子，積累的待辦事項，一早趕往中央聽「重新認識中國」研討會，這大概是至今少數仍值得全場聽完，極少公關世俗氣息、自覺節制「學術」姿態，不打起精神或中途快閃必然是自己損失的論壇。你看著許許多多敬愛的前輩師長與朋友們，仍一如妳認識的當年，那麼強調歷史化、那麼實事求是、那麼自我解剖、那麼自我批判、那麼認真把中國理解為反省的資源、責任的對象、承擔的主體、辯證的契機。聆聽著那些或深刻、或激烈、或簡化、或難免存在的進不了狀況的發言與回應，你想起10多年來因緣際會讀「現代文學」與「革命」，你曾深受啟蒙與感應到的一切，你們也憂鬱、沉悶、也在長年不被理解與同情下繼續工作吧？每一步的推進，或許也逾10餘年了。懇辭晚餐，快速離去前，H說你氣色好，進入狀況嗎？只比暑假時瘦了些，怎麼說呢？我們都到了不需要再解釋的階段。下次吧，下次，與君再相遇，如果你沒有退，如果我沒有退，有一天，我們會找到新的對話方式與更值得說的話的。（2015年10月31日）

上海愚園路

　　人在上海，暴雨停。傍晚步行到人多多的愚園路晚餐，離開時在一個十字路口上看見一臺賓士車「靜止」地躺在大馬路上，兩邊一側是公車，一側是小客車，車陣綿延至少數百公尺，但儘管兩側的車子不停按喇叭，賓士車就是不為所動，我索性走近賓士前方「觀看」，原來駕駛座竟然沒人……，好了，我也退到一旁拿出手機看時間，看這個車主究竟何時才出現，不誇張地至少再超過十分鐘，所有車子等這樣的一臺車……。我不禁想：最好

你一路靜止下去，給什麼小刀刮 N 條粗痕，再不然駛過一片鐵釘、漏油、被警察臨檢開高額紅單……臉皮這麼厚又無公德心的人，不能使用正常的價值觀來回應。（2015 年 8 月 24 日）

毛尖

　　毛尖散文和影評寫得好，《非常罪，非常美》、《當世界向右的時候》、《慢慢微笑》、《沒有你不行，有你也不行》、《亂來》，都比她的早年譯作《上海摩登》更有情通達，多年前曾沾 X 的光，毛尖陪著我等走過江南的某水鄉（名字已忘），沿途話卻是少的，還默默地不時給妳分水果點心，都不知道她何時從哪個攤上弄來的。她酒喝得少，但我敬我喝，十杯高粱，一離席去洗手間，她隨即派學生跟進，再後來，我們就改稱「我們」了。今年毛尖來臺灣時間趕，我說來 TKU，我們來企劃對話錄，左左右右，亂談電影、經典與祕密。電郵那頭她笑開：「來一趟臺灣麻煩，依規定只能速去速回。待妳來滬」云云……這世界有些人值得爭取，我們不爭；值得愛的，我們恐懼。文學曾教給我的，不是這樣。（2015 年 6 月 29 日）

烏龜如何吃掉天鵝

　　我喜歡在下雨天的夜晚或深夜外出。過了傍晚時間的晚餐，鄰桌來了一對男女孩。灰灰的男孩離位點單，長頭髮的女孩從包包裡拿出零錢，女孩把錢推到回座的男孩前說：「今天只剩這些錢了」，男孩立刻推回去說不用我請妳，女孩把頭側到一邊，完全不看男孩地說：「你那麼窮，不給你請！」男孩挪坐往靠牆的位置，不發一言低頭吃飯，女孩再問話，不答。女孩把手伸到男

孩前拿自己的背包，碰到男孩的手臂，女孩再拿了男孩吃飯的湯匙，男孩還是不說話。女孩笑了……。用完晚餐的我，正順便翻著剛從全家取回的黃永武的一篇談烏龜如何吃掉天鵝的散文……慚愧自己太殺風景，趕緊走人！（2015 年 5 月 5 日）

成為？

　　在大溪佛光山道場跟父親的塔位上香。已經 20 年。點一支香，擱置唯物與無神論，陪你說話。20 年後的您在哪兒？大概跟我的學生差不多的年紀吧。你成為他們當中之一來陪伴我嗎？寫詩嗎？為想像與實際中的感情困擾嗎？你是那個被我退稿、改稿六次，最後獲得文學獎的文青嗎？你是那個為同學們努力太多事，卻反又被認為表現太過，以至於陪你走一小段就掉淚的人嗎？你是深夜裡當我走出文館，準備去小七買養樂多，快樂地結束我的一天，從一群同學中脫隊走向我，嚴肅地提醒老師很晚了外面很危險的女孩嗎？那時候我們熟悉嗎？你是讀書會裡，永遠以溫暖純淨的眼神，不斷爭取想靠近一種神祕、博大卻也危險的世界的靈魂嗎？你是那個不時也要生病、偶爾傲驕、裝傻賣萌，如同我當年對你撒嬌也被過分包容的孩子嗎？你是那個還燒不到一支香的時間，如同當年恆常臥於病床，卻總是催促我離開醫院的塵埃嗎？我們有權成為、或不想成為什麼嗎？我們陪伴彼此，正在成為。（2015 年 3 月 31 日）

戰鬥

　　冬至，仍有一些年輕朋友，繼續留下來讀托爾斯泰晚年的《哈吉穆拉特》。不同於同屬晚年階段、突出以博愛為救贖的《復活》，不同於托翁一生「不以暴力抗惡」的信念，《哈吉穆拉特》自始至終，都保留著對少數民族的本質、純淨有力的戰鬥才能的傾慕。作為一個特立獨行者，哈吉穆拉特被自己族人排擠，並有血仇，而當他看似想依靠更大的沙皇勢力，最終又發現對方一樣也欠缺血氣與生機時，亦再度毅然出走。哈吉穆拉特自然是有好戰、勇猛，甚至也不完全無虛榮的一面，但在托翁筆下，他更被賦予了始終是純淨地悍衛家人、宗族，不惜血戰到最後一刻的正氣——這一點其它兩造人馬都不能懂，沙俄政權甚至認為他的主戰，不無對抗甚至有強勢地想操控他者的欲望。托翁同時書寫三方的主人公形象的流變，讓讀者自己來看清楚，兩造對手都沒能理解哈吉穆拉特。問題的關鍵或許是——哈吉穆拉特心中根本沒有對手，他只是依他的本質行動，如此一貫，既生成了他的崇高壯美，也將他推向現實悲劇。（2014 年 12 月 22 日）

第四輯 訪談與對話錄

驥老猶存萬里心——呂正惠教授訪談錄

呂正惠先生，1948 年生於臺灣嘉義。先後任教於臺灣清華大學中文系與淡江大學中文系，主要研究唐詩與兩岸現當代文學，2014 年 2 月自淡江大學退休。呂先生是臺灣著名的統派文化人，曾擔任中國統一聯盟第八屆、第九屆主席，現任臺灣人間出版社發行人、中國作家協會會員。退休後先後受邀至大陸重慶大學人文與社會科學高等研究院、北京清華大學等校擔任客座教授，曾受邀至首都師範大學、北京大學、上海華東師範大學、上海師範大學、上海大學、廣州外語外貿大學、吉林大學、東北師範大學等校作專題演講，目前為重慶大學人文與社會科學高等研究院客座教授、臺灣清華大學、淡江大學榮譽教授。著有：《小說與社會》（1988 年）、《杜甫與六朝詩人》（1989 年）、《抒情傳統與政治現實》（1989 年）、《戰後臺灣文學經驗》（1992 年）、《文學經典與文化認同》（1995 年）、《CD 流浪記》（1999 年）、《殖民地的傷痕——臺灣文學問題》，（2002 年）、《臺灣文學研究自省錄》（2014 年）等。

黃文倩（以下簡稱黃）

呂正惠（以下簡稱呂）

黃：我們都知道老師您是臺灣本省嘉義人，但小時候就搬到了臺北，就讀建國中學（高中）和臺灣大學明顯地影響了您一生的讀書、治學與思想信念，首先能否跟讀者談一下這兩個讀書環境與階段對您一生的影響：

呂：進入建國中學前，我只有三種知識：教科書、國民黨的宣傳教育（反共抗俄、三民主義、復興中華文化等；這些都是在學校學到的），還有，通俗中國歷史（章回小說、歷朝演義）。

建國中學滿足了我的旺盛的求知慾。建國中學的圖書館有相當大的閱覽室，陳列各種雜誌，我幾乎每天中午午休時間都會去隨便翻閱。圖書館的書相當多，可以外借，雖然當時借書很不方便，要查卡片，要填借書單，要排隊等書等等，有時候還沒等到書，上課鐘已響了，但我還是熱心借了很多書，不過很少讀完，因為想摸到更多的書。

同時，建中讓我開始接近臺灣菁英文化圈的邊緣。（這是後來回顧得來的印象，當時的我很遲鈍，沒這種感覺。）高二時，一個同學帶我到美國新聞處。美新處就在建中旁邊，閱覽室極寬敞舒適，又有冷氣（在當時的生活中，冷氣極難得），還有美輪美奐的美國大百科和各種英文雜誌。進出裡面的人百分之八十是建中的學生。我的同學顯然把這裡當樂園一樣看待，我後來才瞭解，建中較活躍的學生，在那時就已是「美國迷」了。

建中和我的某些同學對我最大的啟蒙，是讓我知道《文星雜誌》和《文星叢刊》。《文星雜誌》1965 年 12 月 2 月被國民黨查禁，之後我才知道這個雜誌，所以根本看不到。但人家告訴我要看李敖的《傳統下的獨白》，我看了，很受刺激，記得裡面一句很有名的話：占著茅坑不拉屎，罵一些知識界的名人，年紀那麼大了還不退休（我記得主要罵李濟和沈剛伯）。這一篇名文叫〈老人與棒子〉，登在《文星雜誌》1961 年 11 月 1 日號上，讓《文星雜誌》一炮而紅。我還記得，李敖的書上還大聲宣告，要「全盤西化」。他說，要西方文化，不能挑著要，只挑好的，不要壞的，這不可能。我接著又讀李敖的《胡適評傳》第一集（後來沒出續集），這才真正接觸到五四新文化運動。（當然，這是胡適觀點的五四運動；左派觀點的五四運動，10 多年後才知道。）

我 1967 年進臺大讀大學，就讀中文系，當時有一門政治課，講三民主義，中文系、歷史系、考古系三系合上，一百多人在一

個大教室。三民主義的課我們是都不聽的，因為那個教授講得很差，三民主義也沒那麼差啦，只是他講得太差，大家都在打瞌睡。那個教授說我一個學期點兩次名，點到一次補考，點到兩次當掉，所以沒有人敢曠課。

我們沒有任何機會可以接觸到社會主義思想，這一段時期是空窗期。也不是沒有例外，比如說陳映真。陳映真在讀大學的時候就莫名其妙地讀到一些社會主義的東西。因為國民黨戒嚴的時候說有問題的書要交出來燒掉，可有些人捨不得交。我當時讀的建國中學旁邊就是牯嶺街，是臺北市最大的舊書攤，舊書攤上可以買到沈從文的、老舍的這些沒有什麼問題的書，但茅盾的、郭沫若的、魯迅的沒有人敢賣。（書攤老闆）看一看你，看你態度奇怪，陳映真就是這種人，他就問：「你想找什麼？」「茅盾，魯迅有沒有？」「有有。」然後就帶你到那個密室裡面，所以陳映真花了很多錢在那個密室裡面，連毛主席的東西都買到，所以他的思想就危險了。

黃：您是臺灣本省人，卻曾勇敢地承認您有省籍情結，並且在臺灣解嚴後幾年，即加入了中國統一聯盟，這樣的舉動或實踐，必然很容易讓您跟臺灣的主流意識形態及學院環境產生高度矛盾，請問您如何理解自己這樣的「中國道路」與選擇？

呂：我是南部出生的臺灣人，當然先天就具有省籍情結，但作為一個愛好與相信中國文化及價值的讀書人，上個世紀 90 年代起，我發現身邊的朋友們，藐視中國的言論越來越激烈，我才真正相信他們是「臺獨派」，而我當然是「中國人」，只好被他們歸為「統派」了。既然如此，一不做，二不休，我乾脆就加入中國統一聯盟，成為名符其實的「統派」。其時應該是 1993 年。

我加入「統聯」以後，因為比較有機會接觸陳映真和年齡更大的 50 年代老政治犯（如林書揚、陳明忠兩位先生），對我之後

的思考問題頗有助益。我逐漸發現，我和他們「接近中國」的道路是不太一樣的。

據陳明忠先生所說，他在中學時代備受在臺日本人歧視與欺凌，才意識到自己是中國人，因此走上反抗之路。後來國民黨來了，他又發現國民黨不行，因此而考慮了中國的前途之後，才選擇革命。我也曾讀過一些被國民黨槍斃的臺灣革命志士的傳記資料（如鐘皓東、郭琇琮等），基本上和陳先生所講是一致的。

中國共產黨的社會主義革命本質上是一場高度動員下層民眾的革命。我是佃農子弟，因此，在感情上很容易認同這一場以農民為主體的革命。我相信，國民黨所以在臺灣實行土地改革，也是為了抵消共產黨的威脅。事實上，為了這一改革，它得罪了臺灣所有的地主階級，讓它的統治更加艱難。臺灣地主階級出生的中小企業主及「三師」集團（醫師、律師、會計師）是目前「臺獨」勢力的核心。

跟我同世代或比我年輕的臺灣知識分子，完全接受了國民黨統治下的思想觀念。除了「共匪」和「竊據」之外，他們還盲目相信胡適自由主義的「科學」與「民主」，盲目相信自由經濟。我認為，他們不只是「自由派」而已，許多人在美國「軟性殖民」（相對於日本的「硬式殖民」）的影響下，紛紛表示自己不是中國人，無怪乎陳映真稱之為「二度皇民化」。

黃：您曾說過：「中國文化是我的精神家園」，但您也同時也在臺灣最講究「全盤西化」的時代成長，深受西方現代性影響，後來的治學路線，也從古典橫跨現代，能否以自己的經驗，概略談一下您出入這兩種不同文明的歷程與感覺？

呂：「中國文化是我的精神家園」，這句話是我的由衷之言。小時候，國民黨政府強迫灌輸中國文化，而他們所說的中國文化

其實就是封建道德，無非是教忠教孝，要我們服從、效忠國民黨，而那個國民黨卻是既專制、又貪汙、又無能，叫我們如何效忠？在我讀高中的時候，李敖為了反對這個國民黨，曾經主張「全盤西化」，我深受其影響，並且由此開始閱讀胡適的著作，瞭解了五四時期反傳統的思想。從此以後，五四的「反傳統」成為我的知識結構最主要的組成部分，而且深深相信，西方文化優於中國文化。矛盾的是，也就從這個時候，我開始喜愛中國文史。為了堅持自己的喜好，考大學時，我選擇了當時人人以為沒有前途的中文系。我接受了五四知識分子的看法，認為中國文化必須大力批判，然而，從大學一直讀到博士，我卻越來越喜歡中國古代的典籍，我從來不覺得兩者之間有矛盾。1990 年代，彌漫於臺灣全島的臺獨思想，對我產生極大的警惕作用，讓我想到，如果你不能對自己的民族文化懷有「溫情與敬意」，最終你可能不願意承認自己是中國人，就像我許多的中文系同學和同事一樣。

　　本來，就我個人而言，我從未想過，要把研究範圍從中國古典詩詞與臺灣現代文學跨越到整個中國現代文學。因為直到 1987年臺灣的國民黨政權解除戒嚴令之後，我才能自由的閱讀中國現代文學作品，而這個時候，我年齡的老大與記憶力的衰退，已不允許我再一次的僭越。不過，我也勉強開過中國現代文學的課（要不然，就沒人開了），勉強指導過一些相關論文（總要在臺灣播下一點種子）。在這過程中，總要讀一些作品，有時也要跟學生討論，這樣，多少會累積一點感想。

　　黃：近年來，臺灣有部分學者，對超克冷戰意識型態開始有了更自覺的追求，聯繫代表作家與思想資源時，陳映真及他的作品是最主要的一種。您在 80 年代後期的《小說與社會》即曾評論過陳映真，後來亦曾繼續相關的研究，請略談一下您對陳映真的認識與接受？

呂：我開始讀陳映真的時候，剛二十出頭，正被一種不知來由的苦悶壓抑著，很容易辨認出彌漫於他作品中同樣的苦悶。這時候，聽說他被捕了。我繼續在舊書攤中搜尋過期的《現代文學》，以便尋找他的小說，持續被小說中的孤獨感所迷惑，而從未去思考這樣的作品和他的成為政治犯有何關連。

十年後，一向禁錮深嚴的臺灣社會終於開始鬆動了，我可以比較自由地閱讀魯迅，也比較有機會找到他的作品。我看到的魯迅是一個敢於衝破社會禁忌的魯迅，正如我急切想要看到臺灣的政治禁忌被衝垮一般。這時候陳映真回來了，成為挑戰國民黨體制的旗手。也就在這時候，似乎就有人拿陳映真和魯迅相比，而且好像陳映真也談到，他很小的時候就讀過魯迅的小說。魯迅「吃人」、「狂人」、「鐵屋」這三個主要意象對陳映真的影響。即就這一方面而言，至少應該補上「救救孩子」、「頂住黑暗的閘門」這樣的思想，如何啟示了陳映真。陳映真在《一綠色之候鳥》中有這樣一段「孩子在院子裡一個人玩起來了。陽光在他的臉、髮、手、足之間極燦爛地閃耀著」，在《永恆的大地》中又有這樣的話：「但我的囝仔將在滿地的陽光裡長大。」這些都會讓人想起魯迅，讓我們增加反抗的韌性與力量。

黃：同樣也是近年來，臺灣開始有學者，愈來愈清醒自覺到二戰後，美國在臺以美新處等的組織，以經濟、社會援助進行文化滲透，進而生產出別具冷戰性格的臺灣「現代文學」或「純文學」。您如何看待臺灣的這種文化與政治間相互生產的關係？

呂：國民黨當年在臺灣實行土地改革，並推行經濟的現代化，主要就是在美國指導下進行的。當「現代化」逐漸成為知識分子的思想指導，「現代文學」也就有點荒謬的和「現代化」掛上鉤，逐漸成為風尚。

當時國民黨官方意識形態的主要對手是，美國暗中支持下的

胡適派自由主義，他們講的是五四時代的民主與科學。經由《自由中國》和《文星》的推揚，再加上教育體制中自由派的影響，他們的講法日漸深入人心，成為臺灣現代化運動的意識形態基礎。它的性質接近李敖所說的「全盤西化」，輕視（甚或藐視）中國文化，親西方，尤其親美。因此，它完全抵消了國民黨的中國文化教育，並讓三民主義中的西方因素特別突顯出來。

不過，國民黨雖然在經濟上「現代化」，卻不鼓勵思想上「現代化」，因為它是跟所謂「自由」、「民主」連鎖在一起的。國民黨在教育體制中提倡的是「中國文化」，其實就是中國文化中最合乎「封建道德」的那一套，這完全不能吸引青年知識分子。知識分子嚮往的是「現代化」，「自由」與「民主」，這些成為國民黨政權在 50 年代後期、60 年代前期最大的潛在敵人。嚮往「現代主義文學」的年輕一代，其實是把他們的文學傾向和「現代化」、「自由」、「民主」有意識、無意識的連接在一起的。

文藝的復甦是在國民黨中的自由主義派的倡導和小規模扶持之下悄悄進行的。譬如，雷震主持的《自由中國》的文藝欄，以及臺大外文系教授夏濟安主編的《文學雜誌》。自由派在支持「反共」政策的前提下，希望文學走「純文學」的路，不要淪為政治宣傳。

黃：在中國現代文學中，魯迅是最為重要的作家。但臺灣受限於長期的戒嚴，除了少數人可能透過地下管道偶然性地閱讀到魯迅，大多數知識分子可能都是在臺灣解嚴後才讀到他的作品。作為一個臺灣知識分子，請問老師會如何對現在的臺灣青年推介魯迅？

呂：一要有血氣。魯迅既不要中國青年成為祖宗的奴隸，也不要中國青年成為外國東西的奴隸。一個民族跌到了深淵，如果不能勇敢的站立起來，再怎麼祈求祖宗的保佑，再怎麼痛罵侵略

者的沒有人性，都是沒有用的。一切只能靠自己。這就是魯迅的血氣，因此他不憚於以最嚴苛的態度自我批評，他的自我批評絕不是自我輕賤，為的是拜倒於外國侵略者的腳下，像周作人那樣；或者像現在某些中國知識分子一樣，竟然認為中國只有讓外國徹底殖民，才能現代化。

二沒有媚骨。中國人說，魯迅一身沒有媚骨，或者魯迅一身都是傲骨。是這種傲骨，使得中國人能夠從萬劫不復中重生。縱觀中國現代文學，魯迅這種精神，曾對中國青年起了最大的啟示作用，而且沒人能夠跟他比肩，因此他成為中國現代文學唯一的宗師。完全是值得臺灣青年學習的對象。

三不作狹隘的民族主義者。魯迅一生的許多行為和全部作品都可以作為證明——在他決心從事於文學之初，他從翻譯外國文學作品起步。他翻譯的重點是東歐弱小民族的文學，而不是居於世界文學潮流之首的西歐文學。他認為，同屬被壓迫、被侵略的民族，它們的文學才跟中國有切身的關係，他廣泛同情世界上所有被壓迫民族的民眾。

黃：您早年的碩博士論文，均研究的是古典詩，但您長年以來，對西方外國文學與哲學的書籍，也有著非常濃厚的興趣，能否談談您對這些外國作品的接受歷程或狀態？

呂：我念大學的時候，印象中大概是 1967 年 11 月 1 日，一個非常有眼光的舊書店老闆，在一些人的影響下，開了志文出版社，開始出《新潮文庫》。《新潮文庫》全部是翻譯書，最早的兩本是《羅素回憶集》和《羅素傳》，那時我剛進臺灣大學兩個月，我可以毫不誇張的說，當時臺大文學院的學生，很少人敢說他沒讀過這兩本書，因為那一定會被譏笑。這兩本書為《新潮文庫》在大學校園的流行打下堅實的基礎，我大概有十年之久，隨時會注意《新潮文庫》又出了哪些書。請看一下這些名字：叔本

華、廚川白村、羅曼羅蘭、海明威、畢卡索、尼采、川端康成、雅斯培、佛洛伊德、毛姆、卡夫卡、赫胥黎、佛洛姆、芥川龍之介、康拉德、赫塞、托瑪斯曼、懷海德、索忍尼辛、三島由紀夫、齊克果……這是書號五十號之前的作者，我還可以再繼續列下去。我大學時代，有關外國（當然主要是西方）的文化、思想的知識，至少百分之六十是來自《新潮文庫》，而且《新潮文庫》還打開了我的眼界，讓我知道如何找其他的書籍來讀。

黃：我會問上一個問題的原因是，據我所知，作為一個現代文學的批評家，您近年來慢慢調整了對中國現代文學批評的價值取向。早年，我們多半容易以西方現代性的標準，來評價兩岸的現代文學作品的優劣。然而，中國的現代文學，畢竟是不同於西方歷史社會的產物，您現在如何理解中西方現代文學的本質、歷史差異及價值選擇？

呂：就我讀過的中國現代長篇小說而言，我覺得，這些作品好像不太能把握西方敘述文學，特別是西方 19 世紀以降的現代長篇小說的精髓。18 世紀的時候，至少在英國、法國，西歐長篇小說的基本模式已經定形，而在 1850 年之前，英法就已經出現了巴爾札克、斯湯達、狄更斯這樣的大作家。1856 年福樓拜發表《包法利夫人》，標示著西方小說家對長篇小說藝術的自覺反省。跟在後面急起直追的俄羅斯，在 1842 年就出版了果戈理的《死靈魂》，接著，在 19 世紀 50 年代以後，屠格涅夫、托爾斯泰、陀斯妥耶夫斯基的傑作一本接著一本問世。大致而言，中國現代長篇小說的第一批重要作品（葉聖陶、茅盾、老舍）是在 1930 年左右才出現的，時間上跟西方至少相差一百年。看過這些作品，我常常覺得很洩氣，為什麼擁有至少三千年以上（從詩經算起）文學傳統的中國，寫起西方式的長篇小說，會跟俄羅斯相差那麼遠。18 世紀的時候，俄羅斯基本上沒有什麼全歐洲級的作家，然

而，也不過五十年左右，它就出現了一大批小說家，讓西歐驚訝得不得了。為什麼中國會跟俄羅斯相差那麼大。

中國最偉大的現代作家是魯迅。但他的文學作品不是很多，就小說而言，甚至可以說很少，他沒寫過長篇，有些作品甚至難以歸類，例如：《阿Q正傳》是中篇小說嗎？《故事新編》算是哪一型文類？雜文是自我作古，大家承認是他獨創的文體。最麻煩的是，他的短篇小說算是「短篇小說」嗎？只要想想《孔乙己》、《社戲》、《在酒樓上》，你就難以回答了。甚至像《祝福》和《孤獨者》，我們甚至都可以稱之為「敘述文」，而不一定要看作是「小說」。最像西方短篇小說的《藥》和《肥皂》，夏志清稱讚有加的，恐怕不是他最好的作品，至少不是我最喜歡的。我懷疑，魯迅不寫長篇，是因為他知道自己不可能寫好，而代替大家一直期待的，卻是一本「不三不四」的《故事新編》，而這可能是一本「傑作」，只是大家不知如何面對而已。魯迅特殊的寫作方式，證明他的「西化」方式跟新文學的主流不完全一樣；同時，也證明了，從中國的傳統抒情走向現代敘事，並不是一條可以直接向西方取經的直線模式。這就正如，中國的現代變革，既不是資產階級革命模式，也不是馬克思所設想的無產階級模式，而只能稱之為「毛澤東模式」。文學的魯迅正如政治的毛澤東，都只能稱之為「異人」，也許可能是他們兩人最瞭解中國文化。

顯然中國社會的大變化，不能簡單等同於西方的資產階級革命，所以其文學形態也就不可能相像。西方中產階級不只在西方社會中取代了貴族階級，而且，還作為世界的主人，「橫跨兩個半球、兩個大海和四塊大陸之間」，他不只是西方的主人，還是世界的征服者。這樣，我也就想起巴爾札克在《歐也妮‧葛朗台》中所描寫的青年夏爾（女主角歐也妮的情人）。由於父親破產自殺，夏爾為了東山再起，不得不遠走海外。

現在我覺得，西方現代小說最精采的人物描寫（特別是那種極其精細的心理分析），根本的出發點還是對於個人欲望的極端重視。從中產階級興起的背景看，這是從私有財產的重視，逐步發展到工業化及法國大革命後對財物積累的極大興趣，最後變得像巨獸一樣，貪婪的想要據有一切。讀巴爾札克和後期的狄更斯，我們可以清楚地看見這個巨獸的出現。狄更斯極端痛恨這一頭巨獸，但對此無可奈何，為此陰鬱不已；而巴爾札克則以興致勃勃的眼光看著巨獸如何一步一步地形成，既充滿了讚歎，又深深懷著恐懼與悲憫之情。說到底，這頭巨獸無非是中產階級「英雄」的異化而已。

　　這個在 19 世紀上半期業已形成的中產階級巨獸，事實上是持續了至少三百年以上的歷史發展的成果，從義大利的地中海商人，發展到西班牙、葡萄牙的地理大發現、英國、荷蘭、法國的海外冒險，再到英國工業化與法國大革命。它的故事是太複雜、太生動了。

　　當第一次世界大戰前所未有的慘烈的炮火，讓歐洲人付出難以估算的代價的時候，由巴爾札克、狄更斯、左拉等人所引發的對這種文明的批判之聲，終於成為文學界的主流。但文學家對此無可奈何，只要他不想革命，就只能走向個人的內心，而西方現代小說也就開始從頂峰慢慢地往下滑。

　　中國古代的敘述傳統。士大夫的史傳傳統，基本上是為追求穩定的皇權服務的，因為皇權的穩定可以護衛一個全世界幅員最廣大的農業文明。大家希望的是「治」，而不是「亂」，是「定於一」，而不是群雄割據、混戰一場，這樣的史傳敘述是講究秩序與道德的，是要褒貶是非的，所以連歷史都有正史和野史之別。

　　當然，農業文明發展到相當成熟以後，才會產生政治型或商業型的城市，它基本上還是在政治權威的控制之下的。說書和民

間曲藝就在這些城市中得到繁榮。而這種說書，最多也只能表達庶民的某種朦朧的希冀，不可能在那裡宣揚農民革命或造反有理的想法。像水滸傳那種流落民間的英雄，畢竟最後還是要接受朝廷的招安的。

古代的敘述文學，雖然在說書之中混雜了某些庶民的不平之鳴，畢竟大家希望的還是國泰民安，所以大抵是在祈求農業社會穩定的大局面下發展的，所以反封建的新文化運動者，幾乎一致排斥傳統白話小說的道德意識。而學習西方的中國現代小說，正如前面所說的，目的是要追求一個足以保護全民族的現代化國家，它的思想精神既然不同於西方那種踏遍全世界的資產階級個人主義心態，形式上再怎麼模仿，頂多也只是外面穿上西裝而已，本質上還是不一樣的。至於中國成為現代世界中一個足以自立的大國以後，將來的文化和文學如何發展，那就誰也不敢斷言了。不過，我個人期望，那絕對不應該把西方的 19 世紀再重複走一遍，不論是對中國人來講，還是全人類來講，那只能是個「大悲劇」。

中國古代抒情傳統最核心的精神，表現在士大夫階層的詩（含詞）、文（包括駢文和古文）上。史傳型敘述文是其中的重要部分。至於民間的敘述文類是否也可以列入抒情傳統中呢？恐怕不太好回答。我想用一種很獨特的方式來回答。中國的民間故事（說書、戲曲都包含在內），只有極少數例外，基本上都是大團圓。（連白蛇故事都要發展到白娘娘的兒子考上狀元，即可思過半矣。）以前，我和一般受過西方教育的人一樣，最討厭大團圓。現在我有時會突發異想，大團圓一定不好嗎？如果人類都發展成康拉德《黑暗之心》所描寫的那個樣子，或者發展成卡夫卡式的大爬蟲，那確實稱得上是震撼人心的「悲劇」，但又有什麼好呢？恐怕還不如大團圓。從這個奇特的角度來講，中國的老百姓，講故事、聽故事時，也許「抒情」的成分還是重一點。

黃：老師現在已經退休，但仍然非常積極地關心與介入兩岸文化事務，能否簡略地談談您對兩岸歷史矛盾關鍵的理解？以及您對於未來兩岸文化與社會發展的期待或期許？

　　呂：長期以來大陸一直有相當一部分人喜歡臺灣更甚於大陸，他們認為臺灣比大陸更民主、更自由、更有人情味、更能傳承中華文化。與其說他瞭解臺灣，不如說，他們把對於大陸的不滿反向的投射到臺灣。隨著近年來臺灣的「民主演出」越來越怪誕，親臺的大陸人似乎在急速的縮小。這也就是說，臺灣與大陸其實表現了一種獨特的「相互映照」的關係。

　　我認為臺灣問題是中國近百年來侵略歷史中的一環。外國人侵略中國，才形成了臺灣問題，第一個是日本人打敗中國，要求中國把臺灣割讓給日本。這就形成了五十年殖民統治的問題。接下來，1949 年，當共產黨就要統一全國的時候，美國介入臺灣海峽，阻礙共產黨統一中國。如果沒有美國介入，共產黨遲早要拿下臺灣，再大的海峽，共產黨也拿得下。事實上，是美國阻礙了中國的統一。

　　越戰高潮時期是 60 年代末期，美國所有最底層的軍事用品都來自臺灣。美軍度假都是到臺灣去。臺灣賺得最多的時候也就是越戰時期。日本經濟好轉靠的就是朝鮮戰爭。美國依靠它巨大的經濟實力把臺灣吸納進去，讓臺灣變得有錢。所以，臺灣依賴美國，臺灣人相信美國人對我們是友善的。

　　大陸現在的最大問題不在經濟，而在「人心」。憑良心講，現在大陸中產階級的生活並不比臺灣差，但是，人心好像一點也不「篤定」。如果拿 1980 年代的大陸來和現在比，現在的生活難道還不好嗎？問題是，為什麼大陸知識分子牢騷那麼多呢？每次我要講起中國文化的好處，總有人要反駁，現在我知道，這就是甘陽所說的，國家再富強，他們也不會快樂，因為他們沒有歸

宿感，他們總覺得中國問題太多，永遠解決不完。他們像以前的我一樣，還沒有找到精神家園。

　　我對兩岸未來的期許，仍奠基於中國文化。中國文化最大的特色在於，她的強大、廣博的吸納能力。她以中原地區為核心，不斷的往四方發展，吸收了許許多多的民族，融匯成統一中有多元因素的文化體系。對外而言，通過「絲綢之路」，她也從不間斷地吸納「西方」（伊朗、印度、阿拉伯等）的各種事物，以增廣自己文化的內涵。如今，中國已經正式站起來，也必然成為21世紀全球的主體，但我們仍不能忘記，當年孫中山在中國革命前途渺茫的時候，曾經講過這樣一段話：

　　中國對於世界究竟要負什麼責任呢？現在世界列強所走的路是滅人國家的；如果中國強盛起來，也要去滅人國家，也去學列強的帝國主義，走相同的路，便是蹈他們的覆轍。所以我們要先決定一種政策，要濟弱扶傾，才是盡我們民族的天職。

情義歲月──「起雲軒」與張爾廉、胡至剛學長印象

> 「也許永遠不回來了，也許『明天』回來！」
>
> ──沈從文《邊城》

　　吾生也晚，朱天文在《淡江記》（1979 年）中的夢幻人事與場景，在我的時代，只剩下略有餘溫的光影，但偶爾，在一些機緣的牽引下，或不自覺或自願地，也想穿越時光隧道，揀拾一回靈魂的初心，靠近那種情感還是老派的好，相見仍是恨晚的多的時代。2016 年 8 月 13 日，在盛夏的臺北公館誠品交叉地，我因緣際會地約訪到昔日淡江「起雲軒」的發起人張爾廉（1944-）及胡至剛（1952-）學長，聆聽並神遊了一小段淡江「起雲軒」的斷片回憶。

　　「起雲軒」的舊址仍在今日的水源街上，經營於民國 71 年（1982 年）年至 76 年（1987 年）年間，這裡曾是淡江中文系的師長、同學、外系友人、文學藝術家們自由清談與交誼的茶館。由於位在淡水的水源地，並自許能促進人文的「風起雲湧」，故擇「行到水窮處，坐看雲起時」中的「起雲」為之命名。發起人主要為張爾廉及胡至剛兩君，張爾廉在來念淡江中文系前，曾就讀國立藝專影劇科，民國 62 年（1973 年）從中文系畢業，胡至剛略小張兩屆，時逢那些年臺灣各方面經濟社會高速發展，從事文藝相關的事業機會亦多，張爾廉畢業後曾進入電視圈從事相關工作，但還是在並不多年後回到淡水，與昔日同學共組「起雲軒」，爾後結識夫人周月華，才正式轉向幼教業。胡至剛學長，也在民國 64 年（1975 年）畢業後，輾轉參與「起雲軒」約兩年，後改行重新學習資訊科技，投入電腦業，任職 SOGO 百貨資訊部門 26 年。兩位學長現均已退休。

龔鵬程先生當年曾是張、胡兩君的學弟，龔先生多年後完成博士學位，回淡江中文系執教，與張、胡兩君重逢，便時常與王文進等先生及子弟們酬唱優遊於「起雲軒」，據聞中文系的王仁鈞、曾昭旭等先生也常去，在「起雲軒」留下不少墨寶，詩人周夢蝶等人亦曾在「起雲軒」開講，一時諸靈交融，人文薈萃，縱使無心插柳，傳奇流風所及，甚至引來當年《民生報》的多次專訪。龔鵬程〈論孤獨〉（1984年，後收錄於《少年遊》）一文中，曾這樣描繪「起雲軒」當年的人文景觀與美學狀態：「起雲軒的場地並不頂大，但裡面有間榻榻米的房間，大家照例在那裡閑扯。一間兩坪大的房間，忽然湧進三十來個人，直把一個凄寒瑟縮、風冥雨晦的冬天，擠出了我一身大汗。屋子裡的茶香味、汗水味、男孩子的煙味、女孩兒的衣衫味，以及六七十隻腳掌和皮鞋，散放出來的味道，混雜在一塊，更是馥郁猛烈。……」、「每週請幾位先生，到茶館裡跟同學們聊天。談電影、談生活、談音樂、談國際局勢、談課業、談人生，當然一定還要談談愛情。」以至於21世紀初期，當我坐在人來人往的臺北公館的咖啡館，靈魂沉入舊書細節，並聆聽兩位資深學長談起這段歷史時，我仍然聽見張爾廉學長充滿感情地說：「那時的想法很單純，當年在淡江附近，能共同聊天談文論藝的地方並不多，而我們又曾受過西方沙龍文化的啟發，所以才想成立『起雲軒』，最初賣茶，後來為了生計，也兼賣些簡餐，中文系的同學們常常來這裡打工，親如一家，大家來來去去，端茶煮飯後來常常一切自理。……」胡至剛學長也補充：「起雲軒」當年曾代售「新象國際藝術節」的門票，是那個年代淡水唯一參與推廣國家藝文活動的據點，也是茶館的另一個賣點。然而，我還是要不禁頑皮地接著問：「文人們經營『起雲軒』能不倒嗎？」張學長笑開，說當年沒想那麼多，只覺得收得錢夠付房租和學生們的工讀薪資就好，他自己多年後也全職轉

入幼教業，為俗世謀並不靠「起雲軒」，「起雲軒」的發起與維持，大抵仍是淨土式的人間情份，「後來實在是因為房東要將地方收回，才結束的。」張爾廉學長強調。

我聽聞過不少前輩談起，淡江中文人畢業後發展的自由與多元特色，學長們成立「起雲軒」的情懷與動力，跟淡江與中文系的昔日文化是否又有什麼相關？張爾廉、胡至剛學長回想起當年的大學生活，仍津津樂道。張爾廉認為，他至今仍覺得淡江及中文系是一所相當開放有彈性的學校與系所，學生來自四面八方，師生之間亦能平等相處，一開始即發展出一種非關立場、色彩的自由主義精神，這樣的新文化傳統也影響了他一生。如果從歷史及文化條件上溯源，他認為受到 1970 年代的海外保釣事件，以及閱讀五四禁書（如魯迅、巴金）及當中的自由叛逆精神的影響，當年的大學生，普遍對文化中國、愛國主義、民族主義、胡適自由主義思想等，都有一定程度素樸的嚮往、情懷與興趣，而鹿橋《未央歌》中的大學生活，更是他們寄託理想與想像的烏托邦，所以當李雙澤提倡「唱自己的歌」與腳踏此在土地的認同時，在當時也才能引起那麼大的震動。

張爾廉學長繼續舉例說明，他當年時常自主地跟教官對話，爭取表達自己意見的權利與自由，而龔鵬程先生在前文曾提及的張爾廉在大學時演講的「收費」盛況，張爾廉學長當時的理念，只是認為各行各業都有專業均要收費，人文亦然，為強調對專業的尊重，故不避先鋒與示範性。他仍然記得當時的演講主題為：「價值的鐘擺」，企圖反思的是如何回應不同思想、不同文學類型（他舉例如寫實與非寫實）的價值與意義的流變，那一場演講所收得的費用，後來都捐給慈幼社。

「與生命感通的教育非常重要」，張爾廉堅持地說。胡至剛學長也補充——在淡江中文系讀書時最印象深刻的，早已不只是

課本上的知識。說起那時候中文系的迎新——夜行走路到白沙灣，抵達目的的時，天似乎已經亮了。他還時常跟王仁鈞等先生們課後在草皮上聊天，當年的同學、後來的教授王文進，甚至還買過一艘小船，企圖悠遊於淡水河間。而平日沿著淡水河散步，看黃昏落日，談文論藝，更是他們日常的一般狀態。通識課程的老師也會帶著他們走出校園，考察淡水的各式教堂與建築，以更具體的感性親近在地的風景、文化與歷史。此外，那些年，張爾廉、胡至剛和許多同學們，也都深受李子弋的國際觀點的通識課程啟發，彼時在越戰後期，李子弋遼闊的世界局勢綜論，影響了他們日後看待臺灣與國際關係的方法及眼界。胡至剛對中文系的創系大前輩許世瑛先生也充滿敬意，胡學長說彼時許先生眼睛已盲，仍然以口述的方式教授聲韻學（有助教隨行板書），同時許先生若談起早年大陸時期的讀書與歷史，仍一派大師風範、精神飽滿，儘管這門專業課程很難，但許世瑛先生的這種精神，在整體上都深深的影響了他們的一生。

　　張、胡兩位學長，也曾擔任過當時淡江大學的文社第一、二任社長。張爾廉甚至編有淡江週刊的文藝版，彼時黃興隆先生負責新聞版，他說當年的稿費一字臺幣一元，相當高，投稿者來自各系，張也因此結識了不少外系愛好文藝的友人，凡此種種，或許也奠定了日後發起與融合「起雲軒」的人際淵源與動力吧。

　　晚近，張、胡學長雖然均已退休，仍然熱愛讀書。胡學長說他主要多讀佛法，偶爾也組讀書會和大家一起討論，張學長也仍維持著閱讀各式各樣書籍的興趣，這陣子在讀的是楊隆的《我們仨》，同時不斷延伸地聊起對墨家、新儒家、馬克思等實踐與閱讀的心得，當然，還有他一生對數學的興趣，無功利也無目的執著解題，他相信這種求知欲、好奇心與歷史感，仍從早年博雅的教育而來。我如何能夠不同意更多。

「江山待我啟人文」──李正治先生

　　說來慚愧，身為廣義的人文工作者，李正治先生的名字，我還是這一兩年間，有回聽殷善培主任談起昔日讀書歲月才知道。但是，身為一位恆常掛在網路上讀書與查文獻的學生，我還是自認很仔細地將「李正治」Google 了幾遍，一併看完 YoutTube 上南華大學師生為他舉辦的榮退短片，再在舊書店裡尋覓到先生的《至情只可酬知己》（1986 年）、《神州血淚行》（1980 年）、《與爾同銷萬古愁》（1978 年），甚至他主編的《政府遷臺以來文學研究理論及方法之探索》（1988 年）等專書，書到位後依往例閱讀不求甚解，沒想到最後還是因為「六十有夢」專案要採訪李先生，才再次懊悔平日沒認真補課的壞處。

　　初見李先生，似乎也並沒有很陌生，只覺得是 YouTube 上沉鬱著一張臉的先生，被學生混搭著「倚天屠龍記」背景音樂（李麗芬「愛江山更愛美人」）的先生，從數位時空穿越回人間，而且因為之前就算「見過」了，又沒有任何淵源，談起話來雖然有著緊張的好奇，倒也沒什麼人事上的顧慮。同時沒想到，李先生已經考慮到訪問材料需要的客觀性與歷史性，將許多昔日經歷與回憶，均先整理出繫年的大綱，讓我在事後能充分補充面對面訪談間的縫隙。我知道許多文人才子都很敏銳，英雄俊彥也多自有其主體性，但可能我還是認識的不多，這種自然的為他者與晚輩先考慮的細心，令我對正治先生印象深刻，也慶幸著自己的幸運。

　　正治先生跟淡江中文系的淵源，可以遠溯他的大學時代。彼時他就讀師大國文系，大四時認識了當年在淡江中文系就讀的王文進與龔鵬程兩君，開始浩歌相伴。民國 71 年，在韓耀隆先生擔任我系主任間，經龔先生的推薦，其與王文進先生均受聘為兼任講師，正治先生給我的便條紙上寫道：「當時學生稱我們三個年

輕老師（編按：龔鵬程、王文進、李正治）是『文學系三劍客』，似乎在學問導向上帶來了一些新的氣息。」這一兼課就是 8 年，一直到民國 79 年起，正治先生成為淡江中文的專任老師，民國 85 年後，才轉赴嘉南平原創辦南華大學文學系。

正治先生對淡江中文系的最大的影響與存在意義，我想跟他曾長年組織與推動我系學生的讀書會密切相關。我剛進淡江中文系專任大概不到一年，就偶爾從殷善培主任那兒收到一些現代書單，包括烏納穆諾的《生命的悲劇意識》與卡西勒的《人論》等等，殷先生說這些都是他們當年大學與碩士班讀書會的選書，我跟進找來看後，時常有一種「我竟然連這樣的書都錯過或現在才看到」的遺憾，揣想正治先生的少壯時代曾為淡江中文帶出的人文景觀，又會是何種博雅的溫度與風華呢？

李先生說，早期的讀書會，從他在淡江兼課的時代就已經開始，主要的聚會地點包括學生宿舍、「動物園」，還有後來水源街上的「起雲軒」，當時主要閱讀的書目，多為中西當代文史哲大師的著作，讀書會「初期讀柴熙《哲學邏輯》，建立所有學科研究必備的一般方法學知識，中期讀文史哲的方法論，建立特殊方法論知識，後期轉由曾子聰、廖志峰自組讀書會，……後來由於讀書會成員愈來愈多，最後分為三組。」同時，也在這樣的讀書條件與氛圍的感染下，正治先生曾鼓勵讀書會成員，舉辦臺灣當時極少有的大學生階段的學術研討會，第一屆有殷善培和梅漢強兩君的論文，分別由龔鵬程先生及王邦雄先生講評，後來又陸續再辦過第二屆、第三屆，凡此種種，當年《淡江週刊》均略有記錄。

民國 79 年，謝信芳學長租下淡水「動物園」的一部分，經營「動物園田園茶坊」，正治先生便時常帶學生來此地「戶外教學」，於園內中堂談文論哲，同時在校內外陸續推動讀書會：第一個讀

書會「杜甫讀書會」由正治先生引領，據說當年的教務處極為體貼，還曾配合地為學子們穿插安排宮燈教室（先生說因為他喜歡宮燈教室），讓他們能在「夕煙花影」旁讀書。第二個讀書會由洪喬平主動組成，以閱讀朱光潛《談美》為核心，再向外擴散。第三個讀書會，則由先生和陳旻志、陳麒仰等君共同閱讀法國美學家杜夫海納的著作，借黃帝神宮為導讀和討論的場地。同時，先生導師班的學生蔡金仁擔任淡江中文學會會長時，先生也曾在「動物園」右廂主辦過不少「文學講座」，邀請過龔鵬程、王文進、李瑞騰、曹淑娟等人各抒彼時階段的治學見解，先生亦連講兩場，但全部作為系學會舉辦的活動，據說當年場場客滿，學生的眼中都閃爍著求知的光芒。民國 81 年，「動物園」經營權轉由陳楚君先生主持，「紫荊」和「德簡」兩所書院也在此發展，連動的重要讀書會及相關活動不少。陳旻志學長應「六十有夢」專案，寄給我們一些當年「動物園」和相關老照片，保留也證成了昔日確實存在的理想風華與素樸文風。

李先生也曾在王文進先生的介紹下，認識李雙澤，對李雙澤的聲如洪鐘和強烈的民族主義情懷印象深刻，據說還一起唱過「少年中國」與「美麗島」。先生還說雙澤有一幅畫——畫的背景是中國式的民居建築，前頭有一個突出於背景的人物挑著扁擔，一看臉孔即知是國父，他擔負著整個中國廣大人民的苦難。想像那個畫面，我則以為能夠看出這樣的畫作精神的人大抵也如此。而或許是緣分，多年後李先生也曾住在「動物園」一段時間，那時雙澤自然是做古已久，但這裡卻成為先生推動讀書會的主要根據地。

李先生自然是善感的詩人、讀書人，有性情的教育工作者，但除此之外，我的直覺仍覺得先生是有雄心壯志的公共知識分子，這或許也反映且落實在他協助過的相關系務與學術行政工作上。

例如民國 78 學年度左右，時值龔鵬程先生擔當主任，李先生曾提議中國哲學史應仿中國文學史課開兩年，才不會哲學史只教到先秦兩漢。而在修訂淡江中文的碩士班學則時，則提議碩士生結業前必須發表一篇論文，並觀摩三場學術研討會，這些原則，後來均成為臺灣諸多中文所的學則之一。而在王文進先生擔任系主任時，由於系所尚限制還未有博士學位的教授於碩士班開課，李先生主張破除這個限制，讓王仁鈞、施淑女等教授能到研究所開課，使研究生更容易找到指導教授，亦將王仁鈞、施淑女等先生的文章推薦予學生，肯定他們的學養和深度。此外，83 年初，還曾與龔先生籌辦佛光大學南華管理學院，提議通識必讀中西經典，後來成為許多大學效法的對象。

那時候，是不是人生與學術生涯中的「最好的時光」？我沒問。但仍請他談談對晚近人文學界環境的看法，李先生感嘆自高等教育愈漸科層化，與新世紀實施「評鑑」以來，大學的經營與氛圍自然大不如前，一方面要跟進各種上層官僚體制的規範與標準，一方面又要因應少子化的學校招生困境，均使一個系的自主性與發展性大為降低，亦使教育的主軸由質化向量化轉移，知識分子身在當中，能挺立的主體空間，確實是很有限的。

那淡水呢？您一輩子住在淡水，到了南華任教後，也仍然南北奔波，淡水對您又有什麼特殊的意義？正治先生帶著一種嚴肅，又似乎有點淡然的表情說，其實他對淡水的文史背景並不熟悉，現在住在漁人碼頭附近的房子，還是應師母的期望買的，但在這個小鎮確實是住了很久，也遊遍了名勝古蹟，但最喜歡的還是在這山水之區，思索所有人文背後之「自然」的意義。我回研究室寫稿時陷入混沌，但好像有點明白，這問題是不太能用口說的語言回應的——淡水是一生讀過最好的書，交過最深的朋友與學生的靈地吧，日日夜夜，有一天掩卷沉思或放下，才自然能有通感，

一如他的淡水書齋聯：「讀書不覺東方白，看海偏憐夕照紅」。

李先生比看上去年輕，為何那麼早退休？而且全退式的不再參與江湖世事？他平淡地說：「流浪博士太多，學生找不到工作，把位子讓出來也好」，頓時讓我想到訪問剛開始時，他說起大學時代喜歡閱讀的現代小說——陳映真、黃春明，他們對底層與小人物的痛感與關心，我遂再問起他晚近在做些什麼、讀些什麼、還相信些什麼嗎？正治先生說，現在讀自己喜歡的書，在儒釋道的價值真理外，亦感興趣於事實真理，例如看凱史的新物理學系列書籍，借以一窺宇宙宏觀及微觀的實相，目前仍是先生的最愛之一。還有至今仍難以客觀實證的靈魂問題，以及其輪迴轉世與靈界的結構，所以先生遍讀魏斯的《前世今生》系列，邁可·紐頓的《靈魂的旅程》系列，想一窺人類無法覺知的死後世界，以及生死之間的奧祕。此外，先生對「高靈傳導」的現象亦特別感興趣，在人世之外，有高靈棲居的異次元世界，這些無肉身的靈體像上帝尋找先知一樣，通過傳導的人宣導他們的高深哲理，在儒釋道之外蔚為二十世紀以來的新哲學，如賽斯系列、巴夏系列等等，洋洋大觀，導引人探問生命安頓及宇宙最深的靈性。

我不確定是不是一直問然後呢？「人之降生，所為何來？將來又將往哪裡去？」、「人都不是生而知之者，生命的最終目的，也不是人在過程中就能真正徹解，但不管哲學講到如何高深，人在世上所能做的就是盡人事而已。」正治先生平和穩定地回應我。

為下一個世代的新文藝復興作春泥 —— 馬叔禮專訪

> 「他（編者按：馬叔禮）只平然的說：『但這未來幾年
> 的事真的是難，你也要知道得深刻。』」——朱天文《淡江記》

1979 年，美國與中華民國斷交，與中華人民共和國建交，朱天文在她的《淡江記》曾這樣表述當年臺灣的一些青年知識分子的激動與回聲：「中美斷交所激起的民心士氣，令我忽而心有所感，果然是天不亡中華民國，我們的思想運動正好迎頭接上這股浪潮。」、「我興奮的繼續和馬三哥說：『一定要辦個三三大學，風氣之新更要超過當年的北大，領導全中國青年建設國家……。』」、「他只平然的說：『但這未來幾年的事真的是難，你也要知道得深刻。』」時代已逝，昔日真誠的話語與抱負，不見得禁得起歷史客觀性的考驗，但這裡面的「馬三哥」，平然說話，當年就意識到天文的單純，未來的艱難與深刻的重要性的「他」是誰？這個人就是馬叔禮。

馬叔禮先生，1949 年出生於廣州，高雄長大，受父親影響，從小就對國學與文學深感興趣，高中時期即廣泛地閱讀各式西方翻譯文學，但中文系仍是他的第一志願，民國 62 年至 66 年間（1973 年至 1977 年），馬叔禮進入淡江大學中文系就讀，同時立下「做天下事，結交天下英豪」之志，雖然他戲稱大學時期是「體育系」，很少在正規教室上課，但淡江大學及中文系的自由學風，仍給了他很大的空間發展自我與思考的世界，例如，大學時期，馬先生就曾在清水祖師廟、化學館公開演講，許多先生們亦來聆聽，又例如，當年已著名的葉慶炳教授曾來淡江講座〈孔雀東南飛〉，馬叔禮先生聞畢，認為自己可以詮釋得更好，便另擇時地公開演講，也確實引來諸多師長與聽者，英雄少年，「前輩」們均不敢小看。彼時戒嚴，淡江雖然也有教官，但各方面的

管制卻相當寬鬆，對知識與言論自由亦相對尊重，在在都使得學子們能在一種比較自由與浪漫的空氣下，以自己的方式發展與實踐自主性與公共文化人格，馬叔禮也不例外。

1977 年，馬叔禮與日後著名的朱家三姐妹等人（包括朱天文、朱天心、丁亞明、謝材俊等人）創辦《三三集刊》，同時也與胡蘭成有過一小段師友往來，儘管胡蘭成在兩岸現代史上均為爭議型人物，但言談至此，馬叔禮先生仍然溫厚且肯定的說：「胡蘭成先生對我有過啟發，尤其是他對大自然規律的尊重、《易經》中的陰陽一體的想法，都影響了我日後的閱讀與研究，但當年上課的時間其實並不長，大概半年左右。」

馬叔禮先生的一生似乎單純，但又極為特殊與不易。淡江大學中文系畢業後，他即在朱西寧先生的引薦下，進入耕莘文教院工作近六年半，在這個期間，馬叔禮落實了他青年時代廣結天下文人英豪的志願，邀請過近四百餘位的臺灣作家、創作者至耕莘開講，推動且扶持了臺灣早年的現代文學創作與青年寫作的風潮，這些模式至今仍是耕莘文教院的主要路線。然而，也由於第一線靠近與聆聽大量作家的創作與世界觀，馬叔禮反而愈來愈感受到明顯的局限：「每位作家看似都從不同的文類、形式來寫作，文類劃分的太過瑣碎，太過重視形式技巧，而文學的核心，生命的內在厚度卻往往不夠。」馬叔禮嚴肅的說，因此，他放下已擁有的一切人脈與資源，斷然決定離開耕莘，發下大願──息交、絕遊，迴避一切酬唱與世俗生活，回到新店山上的家閉門讀書，並立下百年之內的書不讀，從文字及思想入手，重新細讀與深讀中國古書，民國 76 年（1987年）起，他開始在家中講學，並且在這種私塾教育的日積月累下，2002 年才由弟子們正式創辦了「日月書院」，2008 年 5 月，更由學生汪育朱和呂梅華等君成立「中華日月人文學會」，期望能與馬叔禮先生一同實踐民間講學與求道的中國古典理想。

這顯然不是一條容易的路，據我所知，臺灣的一些民間講學機構，均常有財團與基金會等組織在背後支持，但馬先生及他的學生確實幾乎沒有「背景」，「日月書院」的發展因此也必然歷經流離，從最初的原址在國父紀念館對面的仁愛路 4 段的仁愛尚華大樓 3 樓（今已改建），後來又搬遷暫租羅斯福路 3 段 243 之 18 樓的慈暉基金會教室，一直到 2016 年，弟子們發現羅斯福路 3 段 245 號 12 樓更有適宜的空間，又逢學生畢淑珍女士捐贈 150 萬元，才終於有了今日「日月書院」的教室與經營規模，訪問的當天我提早一些時間來到該書院，一位馬先生的資深學生，淡淡地跟我介紹這段書院歷史，言談中充分流露他們對馬先生修養和學問的敬意和憐惜：「馬先生說我們終於有了自己的家。」

　　馬叔禮先生講學內容甚廣，易經、老子、孟子、中庸、古典詩詞、小說、古文等均貫通。但我仍不禁好奇於他從一個早年的文青創作才子，發展到後來回歸中國古典思想家的轉折與堅持，畢竟，自上個世紀 90 年代以來，去中國化與高漲的臺灣主體性論述，都在現實與政治意義上，大幅地削弱了這種中國古典的「士志於道」的正當性與理想性，我不免擔心馬先生的「知其不可而為之」，馬先生卻開始以國際比較的視野，跟我談起世界文明的發展和他對中國文化的信心。他認為應該整體性的思考，自歐洲文藝復興後，全世界連動解放，商業興起，知識量大增，但是，這種用細碎知識控制世界的模式，是否也是另一種的掠奪？而自古以來，埃及、印度、巴比倫及中國文明雖然各有其高峰與限制，但其它文明古國相對於中國文明，卻有著宗教性太強、知識化太弱，以及學閥化過高的現象，同時，馬先生認為更值得關注的大視野與問題是，為什麼中國歷經百年鴉片戰爭、八國聯軍抗戰，以及一系列的革命或改革後，仍然能繼續站起來？他認為除了中國文明品質綜合性的積累，中國自古以來的士的傳統，以賢舉才，

用人唯才，甚至破格提攜底層出發的人才傳統均在所多有，在在都發展與形成中國知識分子的道統與傳統，相對於其它文明來說，中國的政治因此有比較強的知性與彈性，一旦重新崛起，能調動的思想、資源與力量也較為豐富。至少，馬先生是這樣相信的。

　　儘管馬先生從來不與兩岸學院中人往來，堅持素樸的民間本位與獨立精神，但近 10 年，馬先生卻收到愈來愈多赴中國大陸講學的邀請，包括北京大學、北京清華大學等等，都邀請馬先生談論復興孔孟、易經與中華文化等講題。當然馬先生早年曾是「反共」的，因此我不禁略帶尖銳地請教他對於早年「反共」，而今前進中國大陸的選擇與意義，馬先生嚴肅的回應我──自古以來，歷史的發展主要依據有二，一是實力（包括社會、經濟、軍事實力等），二是道理（即知識），他認為就文化上來說，中國大陸的崛起、富強，對整體人類的發展都有正面貢獻與價值，我們需要客觀面對，而臺灣長年擁有更深的中國文化知識與教養的傳統繼承，在這種經濟往下修正的時代、在目前族群內鬥的不良時勢下，更應該堅持我們所曾擁有的知識分子的獨立與道統，以中國的傳統經典文化，尤其是民間而非學院化的中國文化傳統，作為影響中國大陸往更正面發展的重要機緣，這也是一種「主體性」，如此，也算略盡一個臺灣知識分子的階段性責任了。

　　我看著馬先生清瘦的身軀，想起他大半生閉門讀古書、不應世俗，多與古典巨靈精神往來的清流投入，那種從修身到平天下的文化理想，在今天臺灣這種時代，又有多少人能同情地理解與追隨呢？我忽然脫口而出，詢問他是否覺得孤獨？馬先生抬頭回應我質疑的目光，堅定的說：「我不孤獨。」（2016 年）

關於村上春樹的對話

呂正惠、黃文倩

（洪子誠編輯整理）

洪子誠：村上春樹在大陸和臺灣，都很受追捧，有大量的讀者。但是，不同讀者對他作品的看法也很不同，有的甚且相當對立。下面有關村上春樹的對話，起源於日本批評家小森陽一的著作。呂正惠教授在讀了這本批評著作之後，決定將它介紹給臺灣讀者，擬在臺北的人間出版社出版中譯的繁體字版，並撰寫了推薦序言。他將這篇序言貼在臉書（FB）上。他的學生黃文倩讀後，給老師電郵，談了不同的看法。其後，又有呂正惠電郵的回復。黃文倩覺得我可能也會關心這一問題，便將這些材料轉給我。這些對話很有意味，在作家評價和作品解讀中，透露超越具體作品的見解和信息，便做了下面的整理編輯。

呂正惠為日本評論家小森陽一《村上春樹論──精讀〈海邊的卡夫卡〉》中譯臺灣版的推薦序言，寫於 2012 年 5 月。全文如下：

呂正惠：有一陣子常常聽到村上春樹這個名字，我這個從來不看暢銷書的人竟然也問我兒子，「村上春樹哪一本書最有名？」我兒子說，「好像是《海邊的卡夫卡》」，於是我就買了大陸林少華的譯本，但一直擺在書架上，從來沒有翻過。

去年北京清華大學的王中忱教授來臺灣客座，在隨便亂聊中，他提到了日本的左翼評論家小森陽一教授，說他寫過一本《村上春樹論──精讀〈海邊的卡夫卡〉》，我有一點意外，沒想到這本書會引起這麼著名的評論家的注意。不久我到北京，王教授介紹我認識本書的中譯者秦剛先生，承他送我一本。我抽出時間來看，原本想大致翻一下，沒想到欲罷不能，竟然一口氣讀完，一

本文學評論的書籍具有這麼大的吸引力，真是太神奇了。

　　小森陽一教授告訴我們，日本右派的政治宣傳技術如何與商業媒體結合，運作出驚人的暢銷紀錄，並以此麻痺社會人心，讓他們在充滿問題與焦慮的情境下可以心安理得的生活下去。這種作法，我以前在臺灣也不是沒有感覺到，但看到小森教授的精細分析，我才恍然瞭解，現在的政治操作原來可以如此的精密，真是令人嘆為觀止。

　　對於這樣嚴密設計的作品，要把它的每一點佈置一一拆解，讓它大白於天下，並讓許多人看得懂，這實在是非同小可的工作。這需要極大的耐性、豐厚的學識，還有極清晰的文筆。要是我，我才不願意浪費我的時間，去仔細梳理這樣一本沒有什麼價值的書。然而，小森陽一卻為它花了兩年的工夫。他在中文版的序裡說：

　　然而，精神創傷決不能用消除記憶的方式去療治，而是必須對過去的事實與歷史全貌進行充分的語言化，並對這種語言化的記憶展開深入反思，明確其原因所在。只有在查明責任所在，並且令責任者承擔了責任之後，才能得到不會令同樣事態再次發生的確信。小說這一文藝形式在人類近代社會中，難道不正擔當了如此的職責麼？因此，我要對《海邊的卡夫卡》進行批判。

　　這一段話讓我深為感動。一個關懷人類前途的評論家，不只要推薦好書，還要指出蓄意欺騙的作者如何罔顧人類正義而玩弄讀者。小森陽一這麼義正詞嚴的強調小說的道德性，真如空谷足音，讓我低迴不已。在文學已經成為某一形式的遊戲與玩樂的時代，連我都不再敢於嚴肅的宣告文學的正面價值了。他的道德的誠摯性始終貫注在我的閱讀過程中，讓我不敢掉以輕心。

　　除了這種道德性之外，作為一個左翼評論家，小森陽一還有

一個極大的優點。任何艱澀的知識和複雜的小說，在他筆下都可以成為井然有序、易於閱讀的文字，讓我們好像在享受獲得知識的欣喜。譬如在第一章裡他對佛洛伊德理論的分析，第二章裡他對伯頓譯本《一千零一夜》裡所蘊含的強烈東方主義色彩的揭露，第三章裡對夏目漱石小說《礦工》與《虞美人草》的解說，都非常吸引人。在第五章裡，他把《海邊的卡夫卡》和戰後日本社會聯繫起來，對一直企圖逃避戰爭責任的右派進行了強烈的抨擊，讓我這個對歷史不是毫無所知的人，都有突然憬悟之感。我第一次感覺到，小說評論是可以和知識傳達完美的結合在一起的。

關於《海邊的卡夫卡》的意識形態傾向，秦剛的譯者序和小森陽一的兩篇序都作了簡要的說明，這裡就不再重複。我想以小說中的一、兩個情節為例，以最簡明的方式呈現小說想要把讀者引導到哪個方向和哪些心態上。

小說的主角田村卡夫卡，四歲時母親帶著姐姐（養女）離家出走，父親不理他，像個孤兒似的成長到 15 歲，這時候他決定離家出走，獨立生活。他從小被父親詛咒，說他會「殺死父親，同母親和姐姐交合」，他一直身懷恐懼，但深心中卻又受到誘惑。離家後他到了高松市，找到了甲村圖書館，每天在那裡看書。圖書館的負責人佐伯雖然已年過 50，但仍然容貌美麗，身材苗條，身上還可以覓出 15 歲少女的姿影。田村少年既把佐伯看成他的母親，又每天迷戀她的身影。終於有一天晚上，佐伯以沉睡狀態來到田村的房間（也是以前佐伯和她的情人幽會的地方）和他發生了關係。後來，在田村的懇求下，佐伯以清醒的意識又和他同床兩次。這樣，田村就擬似「同母親交合」了。

這件事發生後，佐伯就不再有生命意志，她在死前跟別人懺悔說：「不，坦率地說，我甚至認為自己所做的幾乎都是錯事。也曾和不少男人睡過，有時甚至結了婚。可是，一切都毫無意義，

一切都稍縱即逝，什麼也沒留下，留下的唯有我所貶損的事物的幾處傷痕。」

這樣，這一樁擬似「母子交合」的責任就由佐伯承擔下來（因為她貶損了事物，敗壞了世界），她必須死，她也就死了。而那個從頭到尾對佐伯充滿性幻想的、又一直把她假設是母親的田村少年卻一點責任也沒有。

另一個例子是田村少年和櫻花的關係。櫻花是田村在到達高松的旅途中認識的、比他年長的女孩子，像姐姐一樣的照顧他。田村也一直對她充滿了幻想，有一天在夢中強姦了櫻花。在小說結尾時，田村打電話跟櫻花告別，這個情景以這一句話結束：「再見，我說。姐姐！我加上一句。」

最後加上去的「姐姐」這個稱呼就是有意要做實他「姦汙」了姐姐。所以田村根本不只被詛咒要「同母親和姐姐交合」，他根本就是有意要犯這個錯。他認為，只有踐行這個詛咒，他才能從命定的重擔下解脫出來，獲得自我與自由。很難形容這是怎樣的邏輯。

這樣的田村卻被稱為是「現實世界上最頑強的十五歲少年」，並被勸告要「看畫」、「聽風的聲音」，就是順著感覺走。這樣就是活著的意義，不然，你會被「有比重的時間如多義的古夢壓在你身上」，怎麼逃也逃不掉。這是勸告人要這樣的成長：既然有歷史和現實的種種重擔壓在你身上，你就只能左閃右躲，就只能聽著、看著、幻想著（特別是性），可以這樣悠遊自在，而你沒有任何責任，因為這些都是別人「詛咒」到你身上的。這樣的人生觀，只能令人浩嘆，怪不得小森陽一教授決定加以批判。

最後，感謝王中忱教授讓我接觸這本書，感謝本書的譯者秦剛先生，他為了臺灣的繁體字版又把譯文修訂了一次，同時他的

譯文還修正了林少華的誤譯、漏譯之處。當然要感謝小森陽一教授，不論對大陸的簡體版，還是對臺灣的繁體版，他都無償的提供出版權。（2012 年 5 月 23 日）

洪子誠：讀了這篇推薦序文，黃文倩並不完全認同。她給呂正惠發去電子郵件，講了她的「不同想法」：

老師：

今天下午在臉書（FB）上看到，您為人間（按指臺灣的「人間出版社」——編者）的新書寫的關於村上春樹《海邊的卡夫卡》批判小序。我忘了是否曾跟您聊過，我自己曾在 18 歲到 20 多歲的階段，看過村上春樹大部分的作品，《挪威的森林》、《聽風的歌》、《舞舞舞》、《國境之南與太陽之西》、《地下鐵事件》、《約束的場所》等等，無一不讀。

到現在，那些書都還塵封在書庫。《海邊的卡夫卡》是近作，我倒是沒再追蹤。一方面是後來的論文寫作和工作很忙，二方面我覺得自己大概快 30 歲（也就是 4、5 前年了）左右的時候，才終於想通了他的限制與問題，所以覺得可以很徹底的離開他。但對於他的限制，與突破他的限制的理解，我有一些不同的想法跟您分享。您也可以藉此參照思考文學青年或臺灣青年的相關問題，應該不會完全沒有意義。

村上春樹小說中的主人公形象其實重複性很高，通常是某些在人生和社會中，不知道為什麼受了奇特傷害的人。說他們是俄國小說式的零餘者，又不能算是。因為事實上，村上幾乎很少賦予他的人物完整的身世背景和跟社會化有關係的行動。以在臺灣最知名的他的早期作品，賴明珠翻譯的《挪威的森林》來說，裡面的男女主角就是這樣。年輕的女主角受了不知道什麼傷，住進精神病院，男主角則是書念得很虛無，對性和精神的實踐有理想的追求，但也可以同時腳踏另一條船跟別的女人發生關係。偶爾，他會去病院看這個他一直暗戀的女生，但又莫名其妙的跟裡面另一個女性（也是「姐姐」）發生關係。他們好像莫名地被什麼更大的主體宰制，這種性是抗拒那種宰制的手段。

這些「情節」其實只是理解村上作品之所以虛無的症狀之一，我們當然可以用情節的角度來批判他。但是，如果「右翼」的勢力已經太大，這種批評方式，是否反而只會切中骨架，而無法滲透骨肉？他和他的書的社會效果，反而更容易在評論家大框架的討論中，以其反作用力成全了他們更大的發展？

　　所以，如果要真正「擺脫」村上，日本有日本的方式，臺灣有臺灣的可能。我自己覺得，像我這樣曾經也算小沉迷村上的臺灣讀者，可能終究還是要採用「以其人之道還治其人」，直接進入那些「右翼」或小文青們覺得很好的細節，或許才能達到另一種辯證效果。這些細節的吸引人之處是，提供一些非常特殊的個體和心靈的想像，不太用力的哀傷，輕如鴻毛的唯美，當然還有整天東想西想的哲學反省。這些東西對青年人都很有吸引力，特別是當我們的時代，又沒有確實的可供抵抗的威權與對象。這些「生命中難以承受之輕」，又比看真正的文學作品與藝術電影，要來得容易體貼到某些脆弱的心。一方面可以輕易滿足文青覺得自己也有一點內涵的自戀，二方面無論在感覺，在思考的探索可以點到為止，負擔並不很大，很適合無事忙又還不懂得社會與愛的艱難的青年們，自然也包括我。

　　就說感覺吧，村上的作品其實不是簡單的「跟著感覺走」唷，事實在於是跟著重複性很高的感覺走，而且還覺得自己的「感覺」與感性很多元。其實豐富的感覺，或「情感教育」，從來就不是一件很容易的事，這點王國維說過了兩種類型，自不再談。但現代社會的感覺生產其實應該更複雜，往往也要付出很高的現實代價，王安憶也討論過，不是嗎？否則馬爾庫塞就不會批判單向度的人了，我對這個問題有認真的思考，但在此也先不延伸。

　　回到村上。不要以為村上也不知道他的「問題」，他也會有嚴肅的時候。例如日本 1995 年發生舉世震驚的地下鐵奧姆真理教毒氣事件，村上就專門為此寫了兩本書，從兩造雙方的立場，各自寫了《地下鐵事件》和《約束的場所》。後一本還是紀實訪問，很值得看。他企圖思考的問題是，究竟是怎麼樣的人受傷了？而更關鍵的，那些傷

害他人的「教徒」，個個高學歷，又為何會採取那麼極端的行為，他們知道他們在做什麼嗎？在他們的思想方式中，是如何說服自己成為一個「合理」的傷人行動者？這是真真正正的傷人肉體，沒有什麼精神詮釋空間的，很唯物！作為一個臺灣讀者，我感覺，村上想藉此思考日本的社會和文化人格究竟出了什麼問題。《約束的場所》訪問這些人接受教義的內涵與過程，裡面也有很多並不很膚淺的哲學思考。

　　臺灣的《海角七號》也受了一點村上的影響。男主角最後唱的歌，裡面「國境之南」四字，亦典出村上的《國境之南，太陽之西》。這本小說在村上的作品中可以說是極少數較有現實感的。一樣是很文青式的男女主角，各自有各自活在人世中的莫名憂傷，女主角的腳有點問題，男主角則是孤獨的長子。兩個人是青梅竹馬，男主角常常到女主角家去聽音樂（應該是古典音樂），他非常欣賞女主角用纖細的手放入 CD 唱盤的樣子。後來女主角一樣莫名的閃人，失去了聯繫，男主角長大成人，開了夜店。一方面因其深懂中產階級趣味而快速名利雙收，二方面卻又不斷感到自己活著的毫無意義而一再自我損抑。他對家、孩子和妻子都是深愛的，但他一心念念不忘少年時那個 CD 女孩及其純情時光。說到底他最終想望的，仍是生命裡似乎更有精神質感與特殊性的那一面，但那裡面究竟有什麼呢？正如一路從《挪威的森林》以降，連村上自己都給不出來，連給一個象徵他都不敢（當然也可以說他後現代所以不願意給）。小說的結尾，他讓這個女主人公再出現，莫名其妙地再跟男主人公談心，仔細地觀看他的身體並做愛，再繼續消失。小說最後男主人再度又陷入繼續做愛（這次是跟妻子），繼續「反省」與「思考」自我的問題。

　　本來，村上的讀者就不期待看到他筆下的社會性和歷史性，畢竟採用存在主義甚至後現代主義精神及技術的村上，小說書寫的意圖本不在此。所以，有意義的根本問題是在於，即使是處理的精神性、特殊性的細節，究竟精和細在哪裡？感情的層次和豐富性在哪裡？其實不難看出裡面的破綻。那麼，為什麼還有那麼多讀者要「消費」他呢？在容易入口外，恐怕還有低威脅性、低變動性，一整個回應人們渴望

安全感的人生吧。

　　這樣的文學從左翼來看，自然是落後的，但如果我們換另一種角度，想想在那樣的世界裡，是否有其救贖之道呢？我最近為了寫駱以軍的論文，也思考了一些這方面的問題，目前論文還沒處理完，還不能說。但同時兼讀其它作品參照時，我驚訝的發現當年優秀的文青賴香吟的新作《其後》，可能涉及了回應這方面問題的視野——如果，有一些臺灣人的靈魂，在歷史的遺產內，就是要不斷不斷往內、往深掘，一個人的心靈內斂的視野究竟能夠開展到何種程度？五月（邱妙津）是一種，賴香吟也是極獨特的一種。《其後》讓我對賴香吟深有好感，在長期的自傷、自省與承擔本不該她承擔的許多事後，她終於能對想像的五月再次談太宰治，讓五月明白太宰治也有這樣的面向：

> 死了四、五次之後，該失去的都失去得差不多了，經濟上也已經不是貴族之子，租個陽春房間，自己煮飯過活，這時他三十歲，算是很遲地有了依靠寫作活下去的嚴肅念頭。帶著紙筆到伊豆去寫的情景，看來是連女侍也不尊重他了，但他已經能夠頂住恥辱與羞愧，寫出來的作品裡，有這樣的句子：「這回的寫作不是當作遺書來寫，是為了要活下去而寫的。」（《其後》，頁58）

　　我想她想要告訴五月的，自然不是不要讀書，不要心靈、感情、美、特殊性，也不是就一定要她也去上班，去變成經濟人之類的，而是學習為了「活」而動到力，活絕對不只是前面那些，總該轉到這樣的一回合的。

　　村上春樹曾經轉折過，但他仍舊遇到了困境沒能再走下去，他活了下來把事情搞成這樣，自不應該，但我也並不認為，這只是村上春樹一個人的責任。

文倩

洪子誠：黃文倩信中說到的臺灣小說家賴香吟的小說《其後》，主人公 5 月以邱妙津為原型。邱妙津（1969-1995），臺灣彰化人。主要作品有《鱷魚手記》、《鬼的狂歡》、《蒙馬特遺書》等，和賴香吟同為臺大出身，也同在臺大讀書時開始發表作品。1994 年就讀法國巴黎第八大學，次年自殺身亡。《蒙馬特遺書》是邱妙津自殺前的作品。所以，賴香吟《其後》中有「這回的寫作不是當作遺書來寫，是為了要活下去而寫的」的語句。太宰治，本名津島修治，日本小說家。21 歲時和咖啡館女侍投海自殺未遂。寫有《逆行》、《富岳百景》、《斜陽》等作品，成為流行作家。1948 年 6 月 13 日深夜與崇拜他的女讀者山崎富榮跳水自殺，時年 39 歲。

　　讀了黃文倩的這封多少帶有為村上春樹「辯護」的信之後，呂正惠有如下的回復，進一步發揮了他在推薦序言中表達的社會關懷和人生信念。全文是：

文倩：

　　你這封信對村上春樹小說特質的描述非常精確，而這種小說對一般青年的迷惑之處也就包含在這一描述之中。雖然我只讀過《海邊的卡夫卡》，但正如你說的，村上小說主人公形象的重複性很高，我完全瞭解這種「模式」的吸引人之處。

　　小森陽一在書中已經指出，村上是為發達社會的青年而寫的。發達社會的青年只要在成長期進入都會，都會感到十分迷惑，不知道如何面對，也不知道「自我」是什麼。因此他們都會覺得自己「受了奇特的傷害」，自己被拋入一個他們無法接受的「命運」之中。村上小說的「性」所以對青年有吸引力，因為青年都有性苦悶。村上小說的「性幻想」都有一點「不倫」，青年也喜歡，因為「不倫」就是反叛，他們藉由「不倫之性」的幻想，一方面滿足自己對性的渴求，一方面也可以在心理上「報復」他們所無法接受的這個社會。

你說，村上的書「很有哲學反省」，這也是對的。有了不倫之性，再加上這些哲學，就顯得有深度，可以讓青年覺得，他們已看透人生，這樣解決人生問題是對的。其實這種哲學只告訴青年，你不用努力，因為努力也沒用，一切都是虛無的，你只要跟著感覺走就對了。這種話誰都愛聽，因為努力找自己的路實在太辛苦了。以上這一切村上都能夠把它們包裹在迷人的細節之中，如果沒有這些細節，村上的小說也就不能吸引人了。他確實有寫暢銷書的本事。

三、四十年前當我自己還是青年的時候，我們也有許多困惑，所以我們那一代人迷戀存在主義，認為存在主義可以幫我們解決問題。那時候沒有村上春樹，如果有，我肯定也會迷上，因為那種東西確實掌握了青年心理的要害。我並不認為小森陽一的批判可以讓青年從這種迷戀之中解脫出來。小森的書是寫給成年人看的，他想讓成年人知道，我們不但沒有為青年解決問題，實際上還為了自己對權力和金錢的追求而進一步戕害青年。當然，當青年已經成熟到不再能閱讀村上春樹而滿足的時候，小森陽一的書也可以幫助他們思考。

現在整個發達社會（包括美國、西歐、日本，也包括臺灣，因為臺灣是以美、歐、日為模範的）都出現嚴重的社會、經濟問題，這些問題恐怕很難解決。美國金融大海嘯、日本福島核能外洩、歐洲經濟危機等事件之後，這種情勢更明顯。成年人大都知道，即使想解決也解決不了。屬於既得利益的成年人也知道，這些社會問題一旦總爆發，他們一定會很慘，因此他們一定要維持現狀。要保持現狀就需要欺騙、麻醉青年人，因為青年人一旦集體反叛，那就很可怕。1960 年代末的大學生反叛全面波及西歐、美國和日本，（並且還引發臺灣 70 年代知識分子的反叛運動），這種歷史經驗右派是不會忘記的。

村上春樹當然是瞭解日本現實的，小森陽一在書中說，他看到村上的《地下鐵事件》等書時，以為他要面對現實，對他頗有寄望。沒想到他後來竟然寫出了《海邊的卡夫卡》，讓他非常生氣。其實村上是很有意的與日本右派合作，很有意的寫出《海邊的卡夫卡》這本書，用以迷惑日本青年。他的性格基本上是保守和軟弱的，他不敢承擔日

本的歷史與日本的現實。而小森陽一就不是這樣。王中忱告訴我，小森陽一並不只是一個左派評論家，他還是一個全心投入的社會運動者，他在行動上所花的時間遠超過他的寫作。這一點我非常佩服，他是知其不可而為之。

一個人到了某種年齡，一旦醒悟過來，就會知道，人是要靠「信念」活著的。相信自己的選擇和看法，並且堅持去做，這樣，活著才有意義，不然一定會陷入「虛無主義」，並且認為自己可以不必為自己的行為而負責。我大約十年前就覺得，福柯是一個有深度的虛無主義者，他用自己的哲學說服自己，一切都可以無所謂。因此，他迷惑了發達社會許許多多的知識分子。我覺得，福柯那種活法未必勝過小森陽一。

除了福柯那種非常具有深度的虛無主義（這種虛無主義是尼采傳承下來的），20世紀西方文明的另一個特色就是對內心的挖掘。20世紀的西方文學說好聽一點是重視心靈，說難聽一點是喪失了生命的行動力，所以才有那麼多的、讓人難以忍受的心理分析（意識流等等）。佛洛姆說，人或者to be，或者to have。前者是人逐步從 A 變成 B，這就是要有作為；後者就是不行動，而只是擁有。佛洛姆指的是，人以各種購買來滿足自己，其實人也可以用想像自己是什麼來滿足自己。20世紀的西方小說基本上是走 to have 這條路，這種小說看久了會讓人覺得很膩。臺灣現在的小說也都走這條路，你說的《其後》我只看了三分之一，就不想再看了，因為對心靈的挖掘實在太多了，而且太重了，我無法再忍受。相對來講，村上會把這種挖掘「輕盈」化、「美學」化，從而讓你有一種享受感，當然會流行一時。對於喜歡這種享受的人，你一點辦法也沒有，根本不用想要改變他。如果整個社會都這樣子，那就是這個社會已經病入膏肓了，又能怎麼樣呢？

村上春樹的小說在大陸也很流行，但我認為，流行的原因和臺灣不一樣。大陸社會在最近二、三十年內發展得太快，以致大家都適應不了，青年更是無所適從，所以他們也讀村上。你說，你自己在 18 到 20 多歲迷村上，現在已經不迷，我想大陸青年大概也如此。他們只要

一旦成熟，就會體會到，村上不能幫他們解決問題。

　　大陸社會如果在十年內能往好的方向調整和發展，也許可以減緩西方（包括日本）現在已經看到的種種危機。這是一個「難得的機遇」，應該好好把握。我覺得大陸知識分子相當一部分人已經瞭解這一點，並且正在努力，我也往這方面努力。因為看到了這個方向，我們都覺得現在活得比以前更帶勁。

正惠

2012‧6‧13

後記

　　《領情書》是我近十餘年來除了「學術」論文之外的一些文學隨筆、散文、絮語、訪談及對話錄。分成四輯：第一輯「路上」，大抵記錄像我這樣的一個臺灣小知識女性（人到中年才後知後覺的最後「外省第二代」），從小鎮走向城市、從傳統轉型現代、從平地移居山海之間、從青年過渡到中年，甚至從唯心朝向辯證的生命感知與經驗碎片。第二輯「印象」為中西文學隨筆，其實若就審美與思想的趣味與層次，我對於兩岸現當代文學以外的外國文學作品恐怕更感興趣，尤傾慕 19 世紀俄羅斯大家作品。但人生有涯，再加上多年來為生存與生活一直無事忙，斷斷續續只能寫下零星切片般的感興。第三輯「絮語」以辭條加短文的方式行文，亦是我近年在臉書（FB）平臺上的一些非計畫性的思考、靈光與頓悟，篇幅雖短，卻也是徒勞地抵抗日常庸俗與麻木的一種靈魂安頓。第四輯「訪談與對話錄」則是和幾位前輩及學人在機緣到位下的談話與回應，其中〈關於村上春樹的對話〉甚至曾麻煩到北京大學洪子誠先生主動整合與編輯，最後收於本書，亦是我生命中的一種純粹美好的紀念。

　　此外，書中的部分文章曾經發表在臺灣的《青年日報》、《人間福報》、大陸的《文藝報》、《光明日報》及《天涯》雜誌等等，有些因為年代已久，故僅在每篇最後註明書寫年份，不再標示原始發表／刊行處。同時除了一些字句的錯誤與事實的補充，基本上均保留了原始發表時的內容、語調、感性、氛圍與風格。

　　僅以此書正式告別那或虛或實的文學少女時代。

　　感謝願意相信與等待我長大成人的師長與友朋。

黃文倩・2017 年 10 月

於臺灣淡水

國家圖書館出版品預行編目(CIP)資料

領情書 / 黃文倩著. -- 一版. --
新北市：淡大出版中心, 2018.01
　　面；　公分. -- (淡江書系；TB018)
ISBN 978-986-5608-75-0 (平裝)

855　　　　　　106021524

淡江書系 TB018

領情書

作　　者　黃文倩

主　　任　歐陽崇榮
總 編 輯　吳秋霞
行政編輯　張瑜倫
行銷企畫　陳卉綺
校　　稿　林嘉瑛、劉紋安
內文排版　葉武宗
封面設計　斐類設計工作室
印 刷 廠　中茂分色製版印刷事業(股)公司

發 行 人　張家宜
出 版 者　淡江大學出版中心
　　　　　地址：新北市25137淡水區英專路151號海博館1樓
　　　　　電話：02-86318661　傳真：02-86318660
出版日期　2018年1月 一版一刷
定　　價　320元

總 經 銷　紅螞蟻圖書有限公司
展 售 處　淡江大學出版中心
　　　　　地址：新北市淡水區英專路151號海博館1樓
　　　　　淡江大學—驚聲書城
　　　　　地址：新北市淡水區英專路151號商管大樓3樓

ISBN　978-986-5608-75-0